丰子恺

丰子恺　著

我情愿做老儿童

浙江文艺出版社
Zhejiang Literature & Art Publishing House

图书在版编目(CIP)数据

丰子恺：我情愿做老儿童 / 丰子恺著. —杭州：
浙江文艺出版社，2024.5（2024.11重印）
ISBN 978-7-5339-7510-4

Ⅰ.①丰…　Ⅱ.①丰…　Ⅲ.①散文集—中国—
现代　Ⅳ.①I266

中国国家版本馆 CIP 数据核字(2024)第 048174 号

统　　筹	王晓乐		封面设计	广　岛
责任编辑	詹雯婷		封面插画	Stano
责任校对	萧　燕		营销编辑	张恩惠
责任印制	张丽敏		数字编辑	姜梦冉　诸婧琦

丰子恺：我情愿做老儿童

丰子恺　著

出版发行　浙江文艺出版社
地　　址　杭州市环城北路 177 号
邮　　编　310003
电　　话　0571-85176953（总编办）
　　　　　0571-85152727（市场部）
制　　版　杭州天一图文制作有限公司
印　　刷　杭州丰源印刷有限公司
开　　本　880毫米×1230毫米　1/32
字　　数　126千字
印　　张　7.5
插　　页　1
版　　次　2024年5月第1版
印　　次　2024年11月第2次印刷
书　　号　ISBN 978-7-5339-7510-4
定　　价　39.80元

出版说明

　　自五四新文化运动以来，中国文学面目一新。在中西方文化的碰撞与融合中，小说、诗歌、戏剧等文学形式完成蜕变与新生，而散文以其自由自在的天性，踵事增华，其成果蔚为大观。

　　郁达夫认为，较之古代的"文"，现代中国散文有三点特异之处，即"'个人'的发见""内容范围的扩大""人性，社会性，与大自然的调和"（《中国新文学大系·散文二集·导言》）。散文家们兼收并蓄，将万事万物融于一心，"以我手写我口"，取径不同，或叙事、抒情、议论，或写人、描景、状物；风格各异，或蕴藉、洗练、飞扬，或磅礴、绮丽、缜密。就应用而言，以学识、阅历、心境为核心的小品文，以小见大，言近旨远，张扬个人性情；以观察、讽刺、同情为底色的杂文，见微知著，刚柔相济，召唤战斗精神……种种流派，非止一端。

　　为了给当代读者提供一套选目得当、编校精良的散文选本，我们推出"名家散文"系列，从灿若星辰的中国现代散文家中遴选出一批作者，精选其散文创作中的经典作品，结集成册，以飨读者，或可视作对百年现代中国散文的一次阶段性回顾与总结。我们相信，尽管这些作品产生的背景千差万别，但其呈现的智识与感性、追求与希冀，是跨越时空而能与读者共鸣的。我们也相信，经典之所以为经典，因其经得起时间的汰洗，这里的文章，初读，是迎面撞上万千世界，吉光片羽，亦足珍惜；再读，则是与无数智者的重逢，向内发现自己，向外发现众生。

文学的历史同时也是一部语言文字的历史，而汉语的标准化也随着时间的推移不断地演变、更新。五四白话文运动以来，文学语言流动而多变，呈现出丰富和复杂的样貌。文字、词汇、语法的繁芜丛杂背后，是思想文化的多元与活跃，也是作家不同审美取向和个人风格的展现。因此，我们在编辑过程中尽量尊重文章原刊或初版时的面貌，使读者能够感受到语言的时代特色，比如"的""地""底"共存的现象。同时，考虑到读者尤其是学生的阅读需求，我们按当下的规范做了有限度的修订。

编辑出版工作中难免存在不足之处，热忱欢迎广大读者批评指正。

浙江文艺出版社

目　录

劳者自歌

西湖春游

给我的孩子们

劳者自歌

原来一切众生，本是同根，

凡属血气，皆有共感。

吃瓜子

从前听人说：中国人人人具有三种博士的资格：拿筷子博士、吹煤头纸博士、吃瓜子博士。

拿筷子，吹煤头纸，吃瓜子，的确是中国人独得的技术。其纯熟深造，想起了可以使人吃惊。这里精通拿筷子法的人，有了一双筷，可抵刀锯叉瓢一切器具之用，爬罗剔抉，无所不精。这两根毛竹仿佛是身体上的一部分，手指的延长，或者一对取食的触手。用时好像变戏法者的一种演技，熟能生巧，巧极通神。不必说西洋了，就是我们自己看了，也可惊叹。至于精通吹煤头纸法的人，首推几位一天到晚捧水烟筒的老先生和老太太。他们的"要有火"比上帝还容易，只消向煤头纸上轻轻一吹，火便来了。他们不必出数元乃至数十元的代价去买打火机，只要有一张纸，便可临时在膝上卷起煤头纸来，向铜火炉盖的小孔内一插，拔出来一吹，火便来了。我小时候看见我们染坊店里的管账先生，有种种吹煤头纸的特技。我把煤头纸高举在他的额旁边了，他会把下唇伸出来，使风向上吹；我把煤头纸放在他的胸前了，他会把上唇伸出来，使风向下吹；我把煤头纸放在他的耳旁了，他会把嘴歪转来，使风向左右吹；我用手按住了他的嘴，他会用鼻孔吹，都是吹一两下就着火的。中国人对于吹煤头纸技术造诣之深，于此可以窥见。所可惜者，自从卷烟和火柴输入中国而盛行之后，水烟这种"国烟"竟被冷落，吹煤头纸这种"国技"也很不发达了。生长在都会里的小孩子，有的竟不会吹，或者连煤头纸这东西也不曾见过。在努力保存国粹的人看来，这也是一种可虑的现象。近来国内有不少人努力于国粹保存。国医、国药、国术、国乐，都有人在那里提倡。也许水烟和煤头纸这种国粹，将来也有人起来提倡，使之复兴。

但我以为这三种技术中最进步最发达的，要算吃瓜子。近来瓜子大王的畅销，便是其老大的证据。据关心此事的人说，瓜子大王一类的装纸袋的瓜子，最近市上流行的有许多牌子。最初是某大药房"用科学方法"创制的，后来有什么"好吃来公司""顶好吃公司"……种种出品陆续产出。到现在差不多无论哪个穷乡僻处的糖食摊上，都有纸袋装的瓜子陈列而倾销着了。现代中国人的精通吃瓜子术，由此盖可想见。我对于此道，一向非常短拙，说出来有伤于中国人的体面，但对自家人不妨谈谈。我从来不曾自动地找求或买瓜子来吃。但到人家作客，受人劝诱时；或者在酒席上、杭州的茶楼上，看见桌上现成放着瓜子盆时，也便拿起来咬。我必须注意选择，选那较大、较厚，而形状平整的瓜子，放进口里，用臼齿"格"地一咬；再吐出来，用手指去剥。幸而咬得恰好，两瓣瓜子壳各向两旁扩张而破裂，瓜仁没有咬碎，剥起来就较为省力。若用力不得其法，两瓣瓜子壳和瓜仁叠在一起而折断了，吐出来的时候我就担忧。那瓜子已纵断为两半，两半瓣的瓜仁紧紧地装塞在两半瓣的瓜子壳中，好像日本版的洋装书，套在很紧的厚纸函中，不容易取它出来。这种洋装书的取出法，现在都已从日本人那里学得，不要把指头塞进厚纸函中去力挖，只要使函口向下，两手扶着函，上下振动数次，洋装书自会脱壳而出。然而半瓣瓜子的形状太小了，不能应用这个方法，我只得用指爪细细地剥取。有时因为练习弹琴，两手的指爪都剪平，和尚头一般的手指对它简直毫无办法。我只得乘人不见把它抛弃了。在痛感困难的时候，我本拟不再吃瓜子了。但抛弃了之后，觉得口中有一种非甜非咸的香味，会引逗我再吃。我便不由得伸起手来，另选一粒，再送交白齿去咬。不幸而这瓜子太燥，我的用力又太猛，"格"地一响，玉石不分，咬成了无数的碎块，事体就更糟了。我只得把粘着唾液的碎块尽行吐出在手心里，用心挑选，剔去壳的碎块，然后用舌尖舐食瓜仁的碎块。然而这挑选颇不容易，因为壳的碎块的一面也是白色的，与瓜仁无异，我误认为全是瓜仁而舐进口中去嚼，其味虽非嚼蜡，却等于嚼砂。壳的碎片紧紧地嵌进牙齿缝里，找不到牙签就无法取出。碰到这种钉子的时候，我就下个决心，从此戒绝瓜子。戒绝之法，大抵是喝一口茶来漱一漱口，点起一支香烟，或者把瓜子盆推开些，把身体换个方向坐了，以示不再对它发生关系。然而过了几分钟，与别人谈了几句话，不知不觉之间，会跟了别人而伸手向盆中摸瓜子来咬。等到自己觉察破戒的时候，往往是已经咬过好几粒了。这样，吃了非戒不可，戒了非吃不可；吃而复戒，戒而复吃，我为它受尽苦痛。这使我现在想起了瓜子觉得害怕。

但我看别人，精通此技的很多。我以为中国人的三种博士才能中，咬瓜子的才能最可叹佩。常见闲散的少爷们，一只手指间夹着一支香烟，一只手握着一把瓜子，且吸且咬，且咬且吃，且吃且谈，且谈且笑。从容自由，真是

"交关写意!"他们不须拣选瓜子,也不须用手指去剥。一粒瓜子塞进了口里,只消"格"地一咬,"呸"地一吐,早已把所有的壳吐出,而在那里嚼食瓜子的肉了。那嘴巴真像一具精巧灵敏的机器,不绝地塞进瓜子去,不绝地"格""呸""格""呸"……全不费力,可以永无罢休。女人们、小姐们的咬瓜子,态度尤加来得美妙;她们用兰花似的手指摘住瓜子的圆端,把瓜子垂直地塞在门牙中间,而用门牙去咬它的尖端。"的,的"两响,两瓣壳的尖头便向左右绽裂。然后那手敏捷地转个方向,同时头也帮着了微微地一侧,使瓜子水平地放在门牙口,用上下两门牙把两瓣壳分别拨开,咬住了瓜子肉的尖端而抽它出来吃。这吃法不但"的,的"的声音清脆可听,那手和头的转侧的姿势窈窕得很,有些儿妖媚动人。连丢去的瓜子壳也模样姣好,有如朵朵兰花。由此看来,咬瓜子是中国少爷们的专长,而尤其是中国小姐、太太们的拿手戏。

在酒席上、茶楼上,我看见过无数咬瓜子的圣手。近来瓜子大王畅销,我国的小孩子们也都学会了咬瓜子的绝技。我的技术,在国内不如小孩子们远甚,只能在外国人面前占胜。记得从前我在赴横滨的轮船中,与一个日本人同舱。偶检行箧,发见亲友所赠的一罐瓜子。旅途寂寥,我就打开来和日本人共吃。这是他平生没有吃过的东西,他觉得非常珍奇。在这时候，我便老实不客气地装出内行的模样，把吃法教导他，并且示范地吃给他看。托祖国的福，这示范没有失败。但看那日本人的练习，真是可怜得很！他如法将瓜子塞进口中，"格"地一咬，然而咬时不得其法，将唾液把瓜子的外壳全部浸湿，拿在手里剥的时候，滑来滑去，无从下手，终于滑落在地上，无处寻找了。他空咽一口唾液，再选一粒来咬。这回他剥时非常小心，把咬碎了的瓜子陈列在舱中的食桌上，俯伏了头，细细地剥，好像修理钟表的样子。约莫一二分钟之后，好容易剥得了些瓜仁的碎片，郑重地塞进口里去吃。我问他滋味如何，他点点头连称umai, umai!（好吃，好吃!）我不禁笑了出来。我看他那阔大的嘴里放进一些瓜仁的碎屑，犹如沧海中投以一粟，亏他辨出umai的滋味来。但我的笑不仅为这点滑稽，半由于骄矜自夸的心理。我想，这毕竟是中国人独得的技术，像我这样对于此道最拙劣的人，也能在外国人面前占胜，何况国内无数精通此道的少爷、小姐们呢？

发明吃瓜子的人，真是一个了不起的天才！这是一种最有效的"消闲"法。要"消磨岁月"，除了抽鸦片以外，没有比吃瓜子更好的方法了。其所以最有效者，为了它具备三个条件：一，吃不厌、二，吃不饱、三，要剥壳。

俗语形容瓜子吃不厌，叫做"勿完勿歇"。为了它有一种非甜非咸的香味，能引逗人不断地要吃。想再吃一粒不吃了，但是嚼完吞下之后，口中余香不绝，不由你不再伸手向盆中或纸包里去摸。我们吃东西，凡一味甜的，或一味咸的，往往易于吃厌。只有非甜非咸的，可以久吃不厌。瓜子的百吃不厌，便是为此。有一位老于应酬的朋友告诉我一段吃瓜子的趣话：说他已养成了见瓜子就吃的习惯。有一次同了朋友到戏馆里看戏，坐定之后，看见茶壶的旁边放着一包打开的瓜子，便随手向包里掏取几粒，一面咬着，一面看戏。咬完了再取，取了再咬。如是数次，发见邻席的不相识的观剧者也来掏取，方才想起了这包瓜子的所有权。低声问他的朋友："这包瓜子是你买来的吗？"那朋友说"不"，他才知道刚才是擅吃了人家的东西，便向邻座的人道歉。邻座的人很漂亮，付之一笑，索性正式地把瓜子请客了。由此可知瓜子这样东西，对中国人有非常的吸引力，不管三七二十一，见了瓜子就吃。

俗语形容瓜子吃不饱，叫做"吃三日三夜，长个屎尖头"。因为这东西分量微小，无论如何也吃不饱，连吃三日三夜，也不过多排泄一粒屎尖头。为消闲计，这是很重要的一个条件。倘分量大了，一吃就饱，时间就无法消磨。这与赈饥的粮食，目的完全相反。赈饥的粮食求其吃得饱，消闲的粮食求其吃不饱。最好只尝滋味而不吞物质。最好越吃越饿,像罗马亡国之前所流行的"吐剂"一样,则开筵大嚼,醉饱之后,咬一下瓜子可以再来开筵大嚼。一直把时间消磨下去。

要剥壳也是消闲食品的一个必要条件。倘没有壳,吃起来太便当,容易饱,时间就不能多多消磨了。一定要剥,而且剥的技术要有声有色,使它不像一种苦工,而像一种游戏,方才适合于有闲阶级的生活,可让他们愉快地把时间消磨下去。

具足以上三个利于消磨时间的条件的,在世间一切食物之中,想来想去,只有瓜子。所以我说发明吃瓜子的人是了不起的天才。而能尽量地享用瓜子的中国人,在消闲一道上,真是了不起的积极的实行家!试看糖食店、南货店里的瓜子的畅销,试看茶楼、酒店、家庭中满地的瓜子壳,便可想见中国人在"格,呸""的,的"的声音中消磨去的时间,每年统计起来为数一定可惊。将来此道发展起来,恐怕是全中国也可消灭在"格,呸""的,的"的声音中呢。

我本来见瓜子害怕,写到这里,觉得更加害怕了。

1934 年 4 月 20 日。

劳者自歌（十三则）

一

劳者休息的时候要唱几声歌。

他的声音是粗陋的。不合五音六律，不讲和声作曲。非泣非诉，非怨非慕。冲口而出，任情所至。

他的歌是短简的。寥寥数句，忽起忽讫。因为他只有微小的气力，短暂的时间。

他的歌是质朴的，不事夸张，不加修饰。身边的琐事，日常的见闻，断片的思想，无端的感兴，率然地、杂然地流露着。

他原是自歌，不是唱给别人听的。但有人要听，也就让他们听吧。听者说好也不管，说不好也不管。"聋人也唱胡笳曲，好恶高低自不闻。"劳者自歌就同聋人唱曲一样。

1934年7月15日。

二

中国画描物向来不重形似，西洋画描物向来重形似；但近来的西洋画描物也不重形似了。

中国画描色向来像图案，西洋画描色向来照自然；但近来的西洋画描色也像图案了。

中国画向来重线条，西洋画向来不重线条；但近来的西洋画也重线条了。

中国画向来不讲远近法，西洋画向来注重远近法；但近来的西洋画也不讲远近法了。

中国人物画向来不讲解剖学，西洋人物画向来注重解剖学；但近来的西洋人物画也不讲解剖学了。

中国画笔法向来单纯，西洋画笔法向来复杂；但近来的西洋画笔法也单纯了。

中国画向来以风景为主，西洋画向来以人物为主；但近来的西洋画也以风景画为主了。

etc①。

自文艺复兴至今日的西洋绘画的变迁，可说是一步一步地向中国画接近。西洋画已经中国化了！中国艺术万岁！

1934年7月20日。

三

古时称文人生涯为"笔耕"。今日称译著生活为"精神劳动"。我想，再详切一点，写稿可比方摇船。摇船先要规定方向和目的地。其次要认明路径的转折，不要走错路，也不要打远圈。打了远圈摇船的人吃力，坐船的人也心焦。方向，目的地，和路径都明白了，然后一橹一橹地摇去，后来工作自会完成。写稿的工作完全同摇船一样。

摇船的人有一句话："停船三里。"即中途停一停船要花费时间，好比多摇三里路。因为停的时候不能立刻停，要慢慢地停下来；停过之后再开也不能立刻驶行，要慢慢地驶行起来，这一起一倒颇费时间。写稿也可以说"答话三百"。即写稿时倘有人问你一句话，你要少写三百个字。

① etc，意即等等。

因为答话时要搁住了文思而审听那人的问话，以便答复。答复过之后要重寻坠绪而发挥下去。这一起一倒也颇费时间。

1934年7月22日。

四

身体劳动的人疲倦时可教肢体完全不动，精神劳动的人疲倦时却不能教心思完全不想。故身体劳动可有完全的休息，而精神劳动除了酣睡以外没有完全的休息；衔着香烟闲坐的人方寸中忙着思维，携着手杖闲行的人脑筋里忙着筹算，不是常有的事情么？

精神劳动的人要休息，除了酣睡以外，只有听音乐。音乐能使人心完全停止思维筹算，而入陶醉状态。心虽然也在这状态中活动，但这活动不是想而是感。感动之极，有时也会疲劳；但这疲劳伴着趣味，不觉苦痛。在精神劳动者，不伴苦痛的心的活动已算是他的休息了。

可惜中国目下少有了可供精神劳动当作休息的音乐。其人倘患失眠症，或者被梦魔所扰，简直是四六时中①不断

---

① 四六时中，即日语“四六时中”（しろくじちゅう），意为从早到晚，一整日。

地在那里劳动。

1934年7月23日夜。

五

牵牛花这东西很贱，去年的种子落在花台里，花台曾经拆造过，泥曾经翻过；今年夏天它们依然会生出来，生了十几枝。

牵牛花这东西很会攀附。我在花台旁的墙壁上钉好几排竹钉，在竹钉上绊许多绳子。牵牛花的蔓就会缘着绳子攀附上去。攀附得很牢，而且很快。

牵牛花这东西很好高，一味想钻上去，不久超过最高一排竹钉之上。我在其上再加一排竹钉和绳。过了一夜，它又钻在这排竹钉之上了。加了几次，后来须得用梯爬上去加；但它仍是一味好高，似乎想超过墙顶，爬上天去才好。

这种花在日本被称为朝颜，它们只能在破晓辰光开一下；太阳一出，它们统统闭缩，低下头去，好像很难为情，无颜见太阳似的。

1934年7月24日。

六

在杂志上发表大众美术的画，其实只给少数的知识阶级的人看看，大众是看不到的。大众看到的画，只有街头的广告画和新年里卖的"花纸"。广告画是诱他们去买物，不是诚意供他们欣赏的。专供大众欣赏的画只有"花纸"。

"花纸"就是旧历元旦市上摆摊，卖给大众带回家去，贴在壁上点缀新年的一种石印彩色画。所画的大概是旧戏，三百六十行，马浪荡，孟姜女，最近有淞沪战争等。有饭吃的农家，每逢新年，墙壁上总新添一两张"花纸"。农夫们酒后工余，都会对着"花纸"手指口讲，实行他们的美术的鉴赏。

可惜这种"花纸"的画，形式和内容都贫乏。这应该加以改良。提倡大众美术，应该走出杂志，到"花纸"上来提倡。

1934 年 7 月 27 日。

七

百货公司的木器部中有一种放置茶具香烟具的架子，其构造：用木板雕成一个黑人的侧形，其人作立正姿势，平起两手，手中捧一小盘。这小盘就是预备给客厅里沙发上的人放置茶具或香烟的。先施、永安等百货公司中，都有这种木器陈列着。

我想用这家具时感觉上一定很不舒服。设想：我们闲坐在椅子上吸烟，吃茶，谈天；而教这个人形终日必恭必敬地捧着盘子鹄立在我们的旁边，伺候我们放置茶杯或烟蒂，感觉上难以为情。因为它虽然不是人，但具有人的形状，我们似乎很对他不起。

中国用具中的"汤婆子""竹夫人"只具有人的名称，并不具有人的形状。这借用人的形状的木器，是西洋货，西洋封建时代的遗物。

八

一条河的两岸景象显然不同。

右岸多洋房，左岸多草棚。右岸的洋房中间虽然有几间小屋，也整洁得很。左岸的草棚中间虽然有几间平屋，也坍损得很。

右岸的街道是柏油路，平整清洁。左岸的街道是泥路，高低不平而龌龊。

右岸的人似乎个个衣冠楚楚精神勃勃，连人们携着走的洋狗都趾高气扬。左岸的人似乎个个衣衫褴褛，精神萎靡，连钻来钻去的许多狗也都貌不惊人。河上有一爿桥。一个人堂堂地从右岸上桥；走过了桥，似乎忽然减杀了威风。

这条河在于沪西，河的右岸是租界，河的左岸是中国地界。

1934年7月28日。

九

我梦见一只大船，在一片茫无涯际的大海上漂摇。船里的乘客，有的人高卧着，有的人闲坐着，有的人站立着，有的人连立脚地都没有，攀住了船沿而荡空着。

为了舱位不均，各处都在那里纷争。有的说高卧的应该让位，有的说闲坐的应该站起来，有的说站立的应该排紧些，有的说荡空的应该放下来。议论纷纷，莫衷一是；

声势汹汹，满船鼎沸。就中有少数人提议说："我们是同船合命，应该大家觉悟，自动地坐均匀来，讨论一个最重大的根本问题：我们这船究竟开往哪里？"但是他们的声音细弱，有的人听不到，有的人听到了，却怪他们迂阔，说现在争舱位都来不及，哪有工夫讨论这种问题？

我在梦中希望他们的声音放大来。不然，我想，要到舱位终于争定了或终于争不均匀的时候，大家才会想起这根本问题来。

1934年7月30日。

十

猪好像是最蠢最丑恶的东西。上海人骂愚蠢的人为猪猡。西洋画中描写猪的极少，中国画好像从来不曾描过猪。但日本画家中，却有关于画猪的逸话：名画家应举，欲写卧猪图，托一村妪留心找模特儿。一日，妪来报有猪卧树下，请速去画，应举匆匆携画具往，摹写一幅而归。翌日，有山乡老农来，应举出画示之。老农说，此非卧猪乃死猪，应举不信，驰往村妪处观之，见猪仍卧树下，果死猪也。

应举是有名的写实画家。这逸话正是表明他的写实手腕的高妙的。但我觉得那老农比画家更可佩服。画家只会依样描写，连死活都勿得知。

1934年8月2日。

十一

坐在船里望去，前面是青青的草原，重重叠叠的树木。草原下衬着水波，树木上覆着青天，天空中疏疏地点缀着几朵白云。这般美景好像一幅天真烂漫的笑颜，欢迎着我的船。

过了一会，重叠的树木中间露出两个旗杆，和一角庙宇来。这些建筑的直线和周围的自然的曲线相照映，更完成了美好的构图。但这墙不是红墙，而是一道蓝墙；蓝墙上显出两个极粗大的图案文字"仁丹"，非常触目。以前欢迎我的笑颜，忽然敛容退却，让这两个字强硬地站出前面来招呼我。

这好像上海四马路上卖春宫的，商务印书馆门前卖自来水笔的，又好像杭州的黄包车夫，突然拦住去路，硬要你买。我想叱一声"不要！"叫他走开。

1934年8月10日于船中。

十二

从茶楼上望下来，看见对面的水门汀上坐着一个丐婆和她的两个孩子。那丐婆蓬头垢面，伸长了头颈，打起了江北白叫苦求乞。那两个孩子一个大约七八岁，一个大约三四岁，身上都一丝不挂，在他母亲旁边的水门汀上，匍匐着，并且跟着他母亲的声音号啕。我只听见"老爷……太太……"，别的话我都听不懂。我注意那三四岁的孩子的皮肤很白嫩，和乳母车里的孩子差不多。

一个穿新皮鞋的洋装青年从水门汀的一端走来，他的履声尖锐强烈而均匀，好像为丐婆的哭声按拍的檀板声。他昂首向天，经过丐婆之旁。

我亲看见那白嫩的小脚趾被那新皮鞋踏了一脚，小乞丐大哭失声。但那丐婆只管继续号啕，没有知道这事。

1934年8月13日。

十三

在经营画面位置的时候，我常常感到绘画中物体的重量，另有标准，与实际的世间所谓轻重迥异。

在一切物体中，动物最重。动物中人最重，犬马等次之。故画的一端有高山丛林或大厦，他端描一个行人，即可保住画的均衡。

次重的是人造物。人造物能移动的最重，如车船等是。固定的次之，如房屋桥梁等是。故在山野的风景画中，房屋车船等常居画面的主位。

最轻的是天然物。天然物中树木最重，山水次之，云烟又次之。故树木与山可为画中的主体，而以水及云烟为主体的画极少。云烟山水树木等分量最轻，故位在画的边上不成问题。家屋舟车就不宜太近画边，人物倘描在画的边上了，这一边分量很重，全画面就失却均衡了。

1934 年 8 月 16 日。

白　鹅

　　抗战胜利后八个月零十天，我卖脱了三年前在重庆沙坪坝庙湾地方自建的小屋，迁居城中去等候归舟。

　　除了托庇三年的情感以外，我对这小屋实在毫无留恋。因为这屋太简陋了，这环境太荒凉了；我去屋如弃敝屣。倒是屋里养的一只白鹅，使我恋恋不忘。

　　这白鹅，是一位将要远行的朋友送给我的。这朋友住在北碚，特地从北碚把这鹅带到重庆来送给我。我亲自抱了这雪白的大鸟回家，放在院子内。它伸长了头颈，左顾右盼，我一看这姿态，想道："好一个高傲的动物！"凡动物，头是最主要部分。这部分的形状，最能表明动物的性格。例如狮子、老虎，头都是大的，表示其力强。麒麟、骆驼，头都是高的，表示其高超。狼、狐、狗等，头都是尖的，表示其刁奸猥鄙。猪猡、乌龟等，头都是缩的，表示其冥顽愚蠢。鹅的头在比例上比骆驼更高，与麒麟相似，正是高超的性格的表示。而在它的叫声、步态、吃相中，更表示出一种傲慢之气。

鹅的叫声，与鸭的叫声大体相似，都是"轧轧"然的。但音调上大不相同。鸭的"轧轧"，其音调琐碎而愉快，有小心翼翼的意味；鹅的"轧轧"，其音调严肃郑重，有似厉声呵斥。它的旧主人告诉我：养鹅等于养狗，它也能看守门户。后来我看到果然：凡有生客进来，鹅必然厉声叫嚣；甚至篱笆外有人走路，也要它引吭大叫，其叫声的严厉，不亚于狗的狂吠。狗的狂吠，是专对生客或宵小用的；见了主人，狗会摇头摆尾，呜呜地乞怜。鹅则对无论何人，都是厉声呵斥；要求饲食时的叫声，也好像大爷嫌饭迟而怒骂小使一样。

鹅的步态，更是傲慢了。这在大体上也与鸭相似。但鸭的步调急速，有局促不安之相。鹅的步调从容，大模大样的，颇像平剧里的净角出场。这正是它的傲慢的性格的表现。我们走近鸡或鸭，这鸡或鸭一定让步逃走。这是表示对人惧怕。所以我们要捉住鸡或鸭，颇不容易。那鹅就不然：它傲然地站着，看见人走来简直不让；有时非但不让，竟伸过颈子来咬你一口。这表示它不怕人，看不起人。但这傲慢终归是狂妄的。我们一伸手，就可一把抓住它的项颈，而任意处置它。家畜之中，最傲人的无过于鹅。同时最容易捉住的也无过于鹅。

鹅的吃饭，常常使我们发笑。我们的鹅是吃冷饭的，一日三餐。它需要三样东西下饭：一样是水，一样是泥，一样是草。先吃一口冷饭，次吃一口水，然后再到某地方去吃一口泥及草。大约这些泥和草也有各种滋味，它是依着它的胃口而选定的。这食料并不奢侈；但它的吃法，三眼一板，丝毫不苟。譬如吃了一口饭，倘水盆偶然放在远处，它一定从容不迫地踏大步走上前去，饮水一口，再踏大步走到一定的地方去吃泥，吃草。吃过泥和草再回来吃饭。这样从容不迫的吃饭，必须有一个人在旁侍候，像饭馆里的堂倌一样。因为附近的狗，都知道我们这位鹅老爷的脾气，每逢它吃饭的时候，狗就躲在篱边窥伺。等它吃过一口饭，踏着方步去吃水、吃泥、吃草的当儿，狗就敏捷地跑上来，努力地吃它的饭。没有吃完，鹅老爷偶然早归，伸颈去咬狗，并且厉声叫骂，狗立刻逃往篱边，蹲着静候；看它再吃了一口饭，再走开去吃水、吃草、吃泥的时候，狗又敏捷地跑上来，这回就把它的饭吃完，扬长而去了。等到鹅再来吃饭的时候，饭罐已经空空如也。鹅便

昂首大叫，似乎责备人们供养不周。这时我们便替它添饭，并且站着侍候。因为邻近狗很多，一狗方去，一狗又来蹲着窥伺了。邻近的鸡也很多，也常蹑手蹑脚地来偷鹅的饭吃。我们不胜其烦，以后便将饭罐和水盆放在一起，免得它走远去，让鸡、狗偷饭吃。然而它所必需的盛馔泥和草，所在的地点远近无定。为了找这盛馔，它仍是要走远去的。因此鹅的吃饭，非有一人侍候不可。真是架子十足的！

鹅，不拘它如何高傲，我们始终要养它，直到房子卖脱为止。因为它对我们，物质上和精神上都有贡献，使主母和主人都欢喜它。物质上的贡献，是生蛋。它每天或隔天生一个蛋，篱边特设一堆稻草，鹅蹲伏在稻草中了，便是要生蛋了。家里的小孩子更兴奋，站在它旁边等候。它分娩毕，就起身，大踏步走进屋里去，大声叫开饭。这时候孩子们把蛋热热地捡起，藏在背后拿进屋子来，说是怕鹅看见了要生气。鹅蛋真是大，有鸡蛋的四倍呢！主母的蛋篓子内积得多了，就拿来制盐蛋，炖一个盐鹅蛋，一家人吃不了的！工友上街买菜回来说："今天菜市上有卖鹅蛋的，要四百元一个，我们的鹅每天挣四百元，一个月挣一万二，比我们做工还好呢。哈哈哈哈。"大家陪他"哈哈哈哈"。望望那鹅，它正吃饱了饭，昂胸凸肚地，在院子里踱方步，看野景，似乎更加神气活现了。但我觉得，比吃鹅蛋更好的，还是它的精神的贡献。因为我们这屋实在太简陋，环境实在太荒凉，生活实在太岑寂了。赖有这一只白鹅，点缀庭院，增加生气，慰我寂寞。

且说我这屋子，真是简陋极了：篱笆之内，地皮二十方丈，屋所占的只六方丈。这六方丈上，建着三间"抗建式"平屋，每间前后划分为二室，共得六室，每室平均一方丈。中央一间，前室特别大些，约有一方丈半弱，算是食堂兼客堂；后室就只有半方丈强，比公共汽车还小，作为家人的卧室。西边一间，平均划分为二，算是厨房及工友室。东边一间，也平均划分为二，后室也是家人的卧室，前室便是我的书房兼卧房。三年以来，我坐卧写作，都在这一方丈内。归熙甫《项脊轩记》中说："室仅方丈，可容一人居。"又说："雨泽下注，每移案，顾视无可置者。"我只有想起这些话的时候，感觉得自己满足。我的屋虽不上漏，可是墙是竹制的，单薄得很。夏天九点钟以后，东墙上炙手可热，室内好比开放了热水汀。这时候反教人希望警报，可到六七丈深的地下室去凉快一下呢。

竹篱之内的院子，薄薄的泥层下面尽是岩石，只能种些番茄、蚕豆、芭蕉之类，却不能种树木。竹篱之外，坡岩起伏，尽是荒郊。因此这小屋赤裸裸的，孤零零的，毫无依蔽；远远望来，正像一个亭子。我长年坐守其中，就好比一个亭长。这地点离街约有里许，小径迂回，不易寻找，来客极稀。杜诗"幽栖地僻经过少"一句，这屋可以受之无愧。风雨之日，泥泞载途，狗也懒得走过，环境荒凉更甚。这些日子的岑寂的滋味，至今回想还觉得可怕。

自从这小屋落成之后，我就辞绝了教职，恢复了战前的闲居生活。我对外间绝少往来，每日只是读书作画，饮酒闲谈而已。我的时间全部是我自己的。这是我的性格的要求，这在我是认为幸福的。然而这幸福必需两个条件：在太平时，在都会里。如今在抗战期，在荒村里，这幸福就伴着一种苦闷——岑寂。为避免这苦闷，我便在读书、作画之余，在院子里种豆，种菜，养鸽，养鹅。而鹅给我的印象最深。因为它有那么庞大的身体，那么雪白的

颜色，那么雄壮的叫声，那么轩昂的态度，那么高傲的脾气，和那么可笑的行为。在这荒凉岑寂的环境中，这鹅竟成了一个焦点。凄风苦雨之日，手酸意倦之时，推窗一望，死气沉沉；惟有这伟大的雪白的东西，高擎着琥珀色的喙，在雨中昂然独步，好像一个武装的守卫，使得这小屋有了保障，这院子有了主宰，这环境有了生气。

我的小屋易主的前几天，我把这鹅送给住在小龙坎的朋友人家。送出之后的几天内，颇有异样的感觉。这感觉与诀别一个人的时候所发生的感觉完全相同，不过分量较为轻微而已。原来一切众生，本是同根，凡属血气，皆有共感。所以这禽鸟比这房屋更是牵惹人情，更能使人留恋。现在我写这篇短文，就好比为一个永诀的朋友立传，写照。

这鹅的旧主人姓夏名宗禹，现在与我邻居着。

1946年夏于重庆。

渐①

使人生圆滑进行的微妙的要素，莫如"渐"；造物主骗人的手段，也莫如"渐"。在不知不觉之中，天真烂漫的孩子"渐渐"变成野心勃勃的青年；慷慨豪侠的青年"渐渐"变成冷酷的成人；血气旺盛的成人"渐渐"变成顽固的老头子。因为其变更是渐进的，一年一年地、一月一月地、一日一日地、一时一时地、一分一分地、一秒一秒地渐进，犹如从斜度极缓的长远的山坡上走下来，使人不察其递降的痕迹，不见其各阶段的境界，而似乎觉得常在同样的地位，恒久不变，又无时不有生的意趣与价值，于是人生就

————————

① 刊于1928年《一般》第5卷第2期，署名婴行。

被确实肯定，而圆滑进行了。假使人生的进行不像山坡而像风琴的键板，由do忽然移到re，即如昨夜的孩子今朝忽然变成青年；或者像旋律的"接离进行"地由do忽然跳到mi，即如朝为青年而夕暮忽成老人，人一定要惊讶、感慨、悲伤，或痛感人生的无常，而不乐为人了。故可知人生是由"渐"维持的。这在女人恐怕尤为必要：歌剧中，舞台上的如花的少女，就是将来火炉旁边的老婆子，这句话，骤听使人不能相信，少女也不肯承认，实则现在的老婆子都是由如花的少女"渐渐"变成的。

人之堪受境遇的变衰，也全靠这"渐"的助力。巨富的纨绔子弟因屡次破产而"渐渐"荡尽其家产，变为贫者；贫者只得做佣工，佣工往往变为奴隶，奴隶容易变为无赖，无赖与乞丐相去甚近，乞丐不妨做偷儿……这样的例，在小说中，在实际上，均多得很。因为其变衰是延长为十年二十年而一步一步地"渐渐"地达到的，在本人不感到什么强烈的刺激。故虽到了饥寒病苦刑笞交迫的地步，仍是熙熙然贪恋着目前的生的欢喜。假如一位千金之子忽然变了乞丐或偷儿，这人一定愤不欲生了。

这真是大自然的神秘的原则，造物主的微妙的功夫！阴阳潜移，春秋代序，以及物类的衰荣生杀，无不暗合于这法则。由萌芽的春"渐渐"变成绿阴的夏；由凋零的秋

"渐渐"变成枯寂的冬。我们虽已经历数十寒暑，但在围炉拥衾的冬夜仍是难于想象饮冰挥扇的夏日的心情；反之亦然。然而由冬一天一天地、一时一时地、一分一分地、一秒一秒地移向夏，由夏一天一天地、一时一时地、一分一分地、一秒一秒地移向冬，其间实在没有显著的痕迹可寻。昼夜也是如此：傍晚坐在窗下看书，书页上"渐渐"地黑起来，倘不断地看下去（目力能因了光的渐弱而渐渐加强），几乎永远可以认识书页上的字迹，即不觉昼之已变为夜。黎明凭窗，不瞬目地注视东天，也不辨自夜向昼的推移的痕迹。儿女渐渐长大起来，在朝夕相见的父母全不觉得，难得见面的远亲就相见不相识了。往年除夕，我们曾在红蜡烛底下守候水仙花的开放，真是痴态！倘水仙花果真当面开放给我们看，便是大自然的原则的破坏，宇宙的根本的摇动，世界人类的末日临到了！

　　"渐"的作用，就是用每步相差极微极缓的方法来隐蔽时间的过去与事物的变迁的痕迹，使人误认其为恒久不变。这真是造物主骗人的一大诡计！这有一件比喻的故事：某农夫每天朝晨抱了犊而跳过一沟，到田里去工作，夕暮又抱了它跳过沟回家。每日如此，未尝间断。过了一年，犊已渐大，渐重，差不多变成大牛，但农夫全不觉得，仍是抱了它跳沟。有一天他因事停止工作，次日再就不能抱了这牛而跳沟了。造物的骗人，使人留连于其每日每时的生的欢喜而不觉其变迁与辛苦，就是用这个方法的。人们每日在抱了日重一日的牛而跳沟，不准停止。自己误以为是不变的，其实每日在增加其苦劳！

我觉得时辰钟是人生的最好的象征了。时辰钟的针，平常一看总觉得是"不动"的；其实人造物中最常动的无过于时辰钟的针了。日常生活中的人生也如此，刻刻觉得我是我，似乎这"我"永远不变，实则与时辰钟的针一样的无常！一息尚存，总觉得我仍是我，我没有变，还是留连着我的生，可怜受尽"渐"的欺骗！

"渐"的本质是"时间"。时间我觉得比空间更为不可思议，犹之时间艺术的音乐比空间艺术的绘画更为神秘。因为空间姑且不追究它如何广大或无限，我们总可以把握其一端，认定其一点。时间则全然无从把握，不可挽留，只有过去与未来在渺茫之中不绝地相追逐而已。性质上既已渺茫不可思议，分量上在人生也似乎太多。因为一般人对于时间的悟性，似乎只够支配搭船乘车的短时间；对于百年的长期间的寿命，他们不能胜任，往往迷于局部而不能顾及全体。试看乘火车的旅客中，常有明达的人，有的宁牺牲暂时的安乐而让其座位于老弱者，以求心的太平（或博暂时的美誉）；有的见众人争先下车，而退在后面，或高呼"勿要轧，总有得下去的！""大家都要下去的！"然而在乘"社会"或"世界"的大火车的"人生"的长期的旅客中，就少有这样的明达之人。所以我觉得百年的寿命，定得太长。像现在的世界上的人，倘定他们搭船乘车的期间的寿命，也许在人类社会上可减少许多凶险残惨的争斗，而与火车中一样谦让，和平，也未可知。

然人类中也有几个能胜任百年的或千古的寿命的人。那是"大人格""大人生"。他们能不为"渐"所迷，不为造物所欺，而收缩无限的时间并空间于方寸的心中。故佛家能纳须弥于芥子。中国古诗人（白居易）说："蜗牛角上争何事？石火光中寄此身。"英国诗人（Blake）也说："一粒沙里见世界，一朵花里见天国；手掌里盛住无限，一刹那便是永劫。"

大账簿

我幼年时，有一次坐了船到乡间去扫墓。正靠在船窗口出神观看船脚边层出不穷的波浪的时候，手中拿着的不倒翁失足翻落河中。我眼看它跃入波浪中，向船尾方面滚腾而去，一刹那间形影俱杳，全部交付与不可知的渺茫的世界了。我看看自己的空手，又看看窗下的层出不穷的波浪，不倒翁失足的伤心地，再向船后面的茫茫白水怅望了一会，心中黯然地起了疑惑与悲哀。我疑惑不倒翁此去的下落与结果究竟如何，又悲哀这永远不可知的命运。它也许随了波浪流去，搁住在岸滩上，落入某村童的手中；也许被鱼网打去，从此做了渔船上的不倒翁；又或永远沉沦在幽暗的河底，岁久化为泥土，世间从此不再见这个不倒翁。我晓得这不倒翁现在一定有个下落，将来也一定有个结果，然而谁能去调查呢？谁能知道这不可知的命运呢？这种疑惑与悲哀隐约地在我心头推移。终于我想：父亲或者知道这究竟，能解除我这种疑惑与悲哀。不然，将来我年纪长大起来，总有一天能知道这究竟，能解除这疑惑与悲哀。

后来我的年纪果然长大起来。然而这种疑惑与悲哀，非但依旧不能解除，反而随了年纪的长大而增多增深了。我偕了小学校里的同学赴郊外散步，偶然折取一根树枝，当手杖用了一会，后来抛弃在田间的时候，总要对它回顾好几次，心中自问自答："我不知几时得再见它？它此后的结果不知究竟如何？我永远不得再见它了！它的后事永远不可知了！"倘是独自散步，遇到这种事的时候我更要依依不舍的留连一回。有时已经走了几步，又回转身去，把所抛弃的东西重新拾起来，郑重地道个诀别，然后硬着头皮抛弃它，再向前走。走后我也曾自笑这痴态，而且明明晓得这些是人生中惜不胜惜的琐事；然而那种悲哀与疑惑确实地充塞在我的心头，使我不得不然！

在热闹的地方，忙碌的时候，我这种疑惑与悲哀也会被压抑在心的底层，而安然地支配取舍各种事物，不复作如前的痴态。间或在动作中偶然浮起一点疑惑与悲哀来；

然而大众的感化与现实的压迫的力非常伟大，立刻把它压制下去，它只在我的心头一闪而已。一到静僻的地方，孤独的时候，最是夜间，它们又全部浮出在我的心头了。灯下，我推开算术演草簿，提起笔来在一张废纸上信手涂写日间所诵的诗句："春蚕到死丝方尽，蜡炬成灰……"没有写完，就拿向灯火上，烧着了纸的一角。我眼看见火势孜孜地蔓延过来，心中又忙着和个个字道别。完全变成了灰烬之后，我眼前忽然分明现出那张字纸的完全的原形；俯视地上的灰烬，又感到了暗淡的悲哀：假定现在我要再见一见一分钟以前分明存在的那张字纸，无论托绅董、县官、省长、大总统，仗世界一切皇帝的势力，或尧舜、孔子、苏格拉底、基督等一切古代圣哲复生，大家协力帮我设法，也是绝对不可能的事了！——但这种奢望我决计没有。我只是看看那堆灰烬，想在没有区别的微尘中认识各个字的死骸，找出哪一点是春字的灰，哪一点是蚕字的灰。……又想象它明天朝晨被此地的仆人扫除出去，不知结果如何：倘然散入风中，不知它将分飞何处？春字的灰飞入谁家，蚕字的灰飞入谁家？……倘然混入泥土中，不知它将滋养哪几株植物？……都是渺茫不可知的千古的大疑问了。

吃饭的时候，一颗饭粒从碗中翻落在我的衣襟上。我顾视这颗饭粒，不想则已，一想又惹起一大篇的疑惑与悲哀来：不知哪一天哪一个农夫在哪一处田里种下一批稻，就中有一株稻穗上结着煮成这颗饭粒的谷。这粒谷又不知经过了谁的刈、谁的磨、谁的舂、谁的粜，而到了我们的家里，现在煮成饭粒，而落在我的衣襟上。这种疑问都可以有确实的答案；然而除了这颗饭粒自己晓得以外，世间没有一个人能调查，回答。

袋里摸出来一把铜板，分明个个有复杂而悠长的历史。钞票与银洋经过人手，有时还被打一个印；但铜板的经历完全没有痕迹可寻。它们之中，有的曾为街头的乞丐的哀愿的目的物，有的曾为劳动者的血汗的代价，有的曾经换得一碗粥，救济一个饿夫的饥肠，有的曾经变成一粒糖，塞住一个小孩的啼哭，有的曾经参与在盗贼的赃物中，有的曾经安眠在富翁的大腹边，有的曾经安闲地隐居在茅厕的底里，有的曾经忙碌地兼备上述的一切的经历。且就中又有的恐怕不是初次到我的袋中，也未可知。这些铜板倘会说话，我一定要尊它们为上客，恭听它们历述其漫游的故事。倘然它们会记录，一定每个铜板可著一册比《鲁滨逊飘流记》更奇离的奇书。但它们都像死也不肯招供的犯人，其心中分明秘藏着案件的是非曲直的实情，然而死也不肯泄漏它们的秘密。

现在我已行年三十，做了半世的人。那种疑惑与悲哀在我胸中，分量日渐增多；但刺激日渐淡薄，远不及少年时代以前的新鲜而浓烈了。这是我用功的结果。因为我参考大众的态度，看他们似乎全然不想起这类的事，饭吃在肚里，钱进入袋里，就天下太平，梦也不做一个。这在生活上的确大有实益，我就拼命以大众为师，学习他们的幸福。学到现在三十岁，还没有毕业。所学得的，只是那种疑惑与悲哀的刺激淡薄了一点，然其分量仍是跟了我的经历而日渐增多。我每逢辞去一个旅馆，无论其房间何等坏，臭虫何等多，临去的时候总要低徊一下子，想起"我有否再住这房间的一日？"又慨叹"这是永远的诀别了！"每逢下火车，无论这旅行何等劳苦，邻座的人何等可厌，临走的时候总要发生一种特殊的感想："我有否再和这人同座的一日？恐怕是对他永诀了！"但这等感想的出现非常短促而又模糊，像飞鸟的黑影在池上掠过一般，真不过数秒间在我心头一闪，过后就全无其事。我究竟已有了学习的工夫了。然而这也全靠在老师——大众——面前，方始可能。一旦不见了老师，而离群索居的时候，我的故态依然复萌。现在正是其时：春风从窗中送进一片白桃花的花瓣来，落在我的原稿纸上。这分明是从我家的院子里的白桃花树上吹下来的，然而有谁知道它本来生在哪一枝头的哪一朵花上呢？窗前地上白雪一般的无数的花瓣，分明各有其故枝与故蕈，谁能一一调查其出处，使它们重归其故蕈呢？疑惑与悲哀又来袭击我的心了。

总之，我从幼时直到现在，那种疑惑与悲哀不绝地袭击我的心，始终不能解除。我的年纪越大，知识越富，它的袭击的力也越大。大众的榜样的压迫愈严，它的反动也越强。倘一一记述我三十年来所经验的此种疑惑与悲哀的事例，其卷帙一定可同《四库全书》《大藏经》争多。然而也只限于我一个人在三十年的短时间中的经验；较之宇宙之大，世界之广，物类之繁，事变之多，我所经验的真不啻恒河中的一粒细沙。

我仿佛看见一册极大的大账簿，簿中详细记载着宇宙间世界上一切物类事变的过去、现在、未来三世的因因果果。自原子之细以至天体之巨，自微生虫的行动以至混沌的大劫，无不详细记载其来由、经过与结果，没有万一的遗漏。于是我从来的疑惑与悲哀，都可解除了。不倒翁的下落，手杖的结果，灰烬的去处，一一都有记录；饭粒与铜板的来历，一一都可查究；旅馆与火车对我的因缘，早已注定在项下；片片白桃花瓣的故蕈，都确凿可考。连我所屡次叹为永不可知的、院子里的沙堆的沙粒的数目，也确实地记载着，下面又注明哪几粒沙是我昨天曾经用手掬起来看过的。倘要从沙堆中选出我昨天曾经掬起来看过的沙，也不难按这账簿而探索。——凡我在三十年中所见、所闻、所为的一切事物，都有极详细的记载与考证；其所占的地位只有书页的一角，全书的无穷大分之一。

我确信宇宙间一定有这册大账簿。于是我的疑惑与悲哀全部解除了。

1927年作。

两个"?"

我从幼小时候就隐约地看见两个"?"。但我到了三十岁上方才明确地看见它们。现在我把看见的情况写些出来。

第一个"?"叫做"空间"。我孩提时跟着我的父母住在故乡石门湾的一间老屋里,以为老屋是一个独立的天地。老屋的壁的外面是什么东西,我全不想起。有一天,邻家的孩子从壁缝间塞进一根鸡毛来,我吓了一跳;同时,悟到了屋的构造,知道屋的外面还有屋,空间的观念渐渐明白了。我稍长,店里的伙计抱了我步行到离家二十里的石门城里的姑母家去,我在路上看见屋宇毗连,想象这些屋与屋之间都有壁,壁间都可塞进鸡毛。经过了很长的桑地和田野之后,进城来又是毗连的屋宇,地方似乎是没有穷尽的。从前我把老屋的壁当作天地的尽头，现在知道不然。我指着城外问大人们："再过去还有地方吗?"大人们回答我说："有嘉兴、苏州、上海；有高山，有大海，还有外国。你大起来都可去玩。"一个粗大的"?"隐约地出现在我的眼前。回家以后，早晨醒来，躺在床上驰想：床的里面是帐，除去了帐是壁，除去了壁是邻家的屋，除去了邻家的屋又是屋，除完了屋是空地，空地完了又是城市的屋，或者是山是海，除去了山，渡过了海，一定还有地方……空间到什么地方为止呢? 我把这疑问质问大姐。大姐回答我说："到天边上为止。"她说天像一只极大的碗覆在地面上。天边上是地的尽头，这话我当时还听得懂；但天边的外面又是什么地方呢? 大姐说："不可知了。"很大的"?"又出现在我的眼前，但须臾就隐去。我且吃我的糖果，玩我的游戏吧。

　　我进了小学校，先生教给我地球的知识。从前的疑问到这时候豁地解决了。原来地是一个球。那么，我躺在床上一直向里床方面驰想过去，结果是绕了地球一匝而仍旧回到我的床前。这是何等新奇而痛快的解决! 我回家来欣然地把这新闻告诉大姐。大姐说："球的外面是什么呢?"我说："是空。""空到什么地方为止呢?"我茫然了。我再到学校去问先生，先生说："不可知了。"很大的"?"又出现在我的眼前，但也不久就隐去。我且读我的英文，做我的算术吧。

我进师范学校，先生教我天文。我怀着热烈的兴味而听讲，希望对于小学时代的疑问，再得一个新奇而痛快的解决。但终于失望。先生说："天文书上所说的只是人力所能发见的星球。"又说："宇宙是无穷大的。"无穷大的状态，我不能想象。我仍是常常驰想，这回我不再躺在床上向横方驰想，而是仰首向天上驰想；向这苍苍者中一直上去，有没有止境？有的么，其处的状态如何？没有的么，使我不能想象。我眼前的"？"比前愈加粗大，愈加迫近，夜深人静的时候，我屡屡为了它而失眠。我心中愤慨地想：我身所处的空间的状态都不明白，我不能安心做人！世人对于这个切身而重大的问题，为什么都不说起？以后我遇见人，就向他们提出这疑问。他们或者说不可知，或一笑置之，而谈别的世事了。我愤慨地反抗："朋友，这个问题比你所谈的世事重大得多，切身得多！你为什么不理？"听到这话的人都笑了。他们的笑声中似乎在说："你有神经病了。"我不好再问，只得让那粗大的"？"照旧挂在我的眼前。

第二个"？"叫做"时间"。我孩提时关于时间只有昼夜的观念。月、季、年、世等观念是没有的。我只知道天

一明一暗，人一起一睡，叫做一天。我的生活全部沉浸在
"时间"的急流中，跟了它流下去，没有抬起头来望望这急
流的前后的光景的能力。有一次新年里，大人们问我几岁，
我说六岁。母亲教我："你还说六岁？今年你是七岁了，已
经过了年了。"我记得这样的事以前似曾有过一次。母亲教
我说六岁时也是这样教的。但相隔久远，记忆模糊不清了。
我方才知道这样时间的间隔叫做一年，人活过一年增加一
岁。那时我正在父亲的私塾里读完《千字文》，有一晚，我
到我们的染坊店里去玩，看见账桌上放着一册账簿，簿面
上写着"菜字元集"这四字。我问管账先生，这是什么意
思？他回答我说："这是用你所读的《千字文》上的字来记
年代的。这店是你们祖父手里开张的。开张的那一年所用
的第一册账簿，叫做'天字元集'，第二年的叫做'地字元
集'，天地玄黄，宇宙洪荒……每年用一个字。用到今年正
是'菜重芥姜'的'菜'字。"因为这事与我所读的书有关
联，我听了很有兴味。他笑着摸摸他的白胡须，继续说道：
"明年'重'字，后年'芥'字，我们一直开下去，开到
'焉哉乎也'的'也'字，大家发财！"我口快地接着说：
"那时你已经死了！我也死了！"他用手掩住我的口道："话
勿得！话勿得！大家长生不老！大家发财！"我被他弄得莫
名其妙，不敢再说下去了。但从这时候起，我不复全身沉

浸在"时间"的急流中跟它飘流。我开始在这急流中抬起头来,回顾后面,眺望前面,想看看"时间"这东西的状态。我想,我们这店即使依照《千字文》开了一千年,但"天"字以前和"也"字以后,一定还有年代。那么,时间从何时开始,何时了结呢?又是一个粗大的"?"隐约地出现在我的眼前。我问父亲:"祖父的父亲是谁?"父亲道:"曾祖。""曾祖的父亲是谁?""高祖。""高祖的父亲是谁?"父亲看见我有些像孟尝君,笑着抚我的头,说:"你要知道他做什么?人都有父亲,不过年代太远的祖宗,我们不能一一知道他的人了。"我不敢再问,但在心中思维"人都有父亲"这句话,觉得与空间的"无穷大"同样不可想象。很大的"?"又出现在我的眼前。

我入小学校,历史先生教我盘古氏开天辟地的事。我心中想:天地没有开辟的时候状态如何?盘古氏的父亲是谁?他的父亲的父亲的父亲……又是谁?同学中没有一个提出这样的疑问,我也不敢质问先生。我入师范学校,才知道盘古氏开天辟地是一种靠不住的神话。又知道西洋有达尔文的"进化论",人类的远祖就是做戏法的人所畜的猴子。而且猴子还有它的远祖。从我们向过去逐步追溯上去,可一直追溯到生物的起源,地球的诞生,太阳的诞生,宇宙的诞生。再从我们向未来推想下去,可一直推想到人类的末日，生物的绝种，地球的毁坏，太阳的冷却，宇宙的寂灭。但宇宙诞生以前，和寂灭以后，"时间"这东西难道没有了吗？"没有时间"的状态，比"无穷大"的状态愈加使我不能想象。而时间的性状实比空间的性状愈加难于认识。我在自己的呼吸中窥探时间的流动痕迹，一个个的呼吸鱼贯地翻进"过去"的深渊中，无论如何不可挽留。我害怕起来，屏住了呼吸，但自鸣钟仍在"的格，的格"地告诉我时间的经过。一个个的"的格"鱼贯地翻进过去的深渊中，仍是无论如何不可挽留的。时间究竟怎样开始？将怎样告终？我眼前的"？"比前愈加粗大，愈加迫近了。夜深人静的时候，我屡屡为它失眠。我心中愤慨地想：我的生命是跟了时间走的。"时间"的状态都不明白，我不能安心做人！世人对于这个切身而重大的问题，为什么都不说起？以后我遇见人，就向他们提出这个问题，他们或者说不可知，或者一笑置之，而谈别的世事了。我愤慨地反抗："朋友！我这个问题比你所谈的世事重大得多，切身得多！你为什么不理？"听到这话的人都笑了。他们的笑声中似乎在说："你有神经病了！"我不再问，只能让那粗大的"？"照旧挂在我的眼前。

1933年2月24日。

车厢社会

我第一次乘火车，是在十六七岁时，即距今二十余年前。虽然火车在其前早已通行，但吾乡离车站有三十里之遥，平时我但闻其名，却没有机会去看火车或乘火车。十六七岁时，我毕业于本乡小学，到杭州去投考中等学校，方才第一次看到又乘到火车。以前听人说："火车厉害得很，走在铁路上的人，一不小心，身体就被碾做两段。"又听人说："火车快得邪气，坐在车中，望见窗外的电线木如同栅栏一样。"我听了这些话而想象火车，以为这大概是炮弹流星似的凶猛唐突的东西，觉得可怕。但后来看到了，乘到了，原来不过尔尔。天下事往往如此。

自从这一回乘了火车之后，二十余年中，我对火车不断地发生关系。至少每年乘三四次，有时每月乘三四次，至多每日乘三四次（不过这是从江湾到上海的小火车）。一直到现在，乘火车的次数已经不可胜计了。每乘一次火车，总有种种感想。倘得每次下车后就把乘车时的感想记录出来，记到现在恐怕不止数百万言，可以出一大部乘火车全集了。然而我哪有工夫和能力来记录这种感想呢？只是回想过去乘火车时的心境，觉得可分三个时期，现在记录出来，半为自娱，半为世间有乘火车的经验的读者谈谈，不知他们在火车中是否作如是想的？

第一个时期，是初乘火车的时期。那时候乘火车这件事在我觉得非常新奇而有趣。自己的身体被装在一个大木箱中，而用机械拖了这大木箱狂奔，这种经验是我向来所没有的，怎不教我感到新奇而有趣呢？那时我买了车票，热烈地盼望车子快到。上了车，总要拣个靠窗的好位置坐。因此可以眺望窗外旋转不息的远景，瞬息万变的近景，和大大小小的车站。一年四季住在看惯了的屋中，一旦看到这广大而变化无穷的世间，觉得兴味无穷。我巴不得乘火车的时间延长，常常嫌它到得太快。下车时觉得可惜。我欢喜乘长途火车，可以长久享乐。最好是乘慢车，在车中的时间最长，而且各站都停，可以让我尽情观赏。我看见同车的旅客个个同我一样地愉快，仿佛个个是无目的地在那里享乐乘火车的新生活的。我看见各车站都美丽，仿佛个个是桃源仙境的入口。其中汗流满背地扛行李的人，喘息狂奔的赶火车的人，急急忙忙地背着箱笼下车的人，拿着红绿旗子指挥开车的人，在我看来仿佛都干着有兴味的游戏，或者在那里演剧。世间真是一大欢乐场，乘火车真是一件愉快不过的乐事！可惜这时期很短促，不久乐事就变为苦事。

第二个时期，是老乘火车的时期。一切都看厌了，乘火车在我就变成了一桩讨厌的事。以前买了车票热烈地盼望车子快到。现在也盼望车子快到，但不是热烈地而是焦灼地。意思是要它快些来载我赴目的地。以前上车总要拣个靠窗的好位置，现在不拘，但求有得坐。以前在车中不绝地观赏窗内窗外的人物景色，现在都不要看了，一上车就拿出一册书来，不顾环境的动静，只管埋头在书中，直到目的地的到达。为的是老乘火车，一切都已见惯，觉得这些千篇一律的状态没有什么看头。不如利用这冗长无聊的时间来用些功。但并非欢喜用功，而是无可奈何似的用功。每当看书疲倦起来，就埋怨火车行得太慢，看了许多书才走得两站！这时候似觉一切乘车的人都同我一样，大家焦灼地坐在车厢中等候到达。看到凭在车窗上指点谈笑的小孩子，我鄙视他们，觉得这班初出茅庐的人少见多怪，其浅薄可笑。有时窗外有飞机驶过，同车的人大家立起来观望，我也不屑从众，回头一看立刻埋头在书中。总之，那时我在形式上乘火车，而在精神上仿佛遗世独立，依旧笼闭在自己的书斋中。那时候我觉得世间一切枯燥无味，无可享乐，只有沉闷，疲倦，和苦痛，正同乘火车一样。这时期相当地延长，直到我深入中年时候而截止。

第三个时期，可说是惯乘火车的时期。乘得太多了，讨嫌不得许多，还是逆来顺受吧。心境一变，以前看厌了的东西也会重新有起意义来，仿佛"温故而知新"似的。最初乘火车是乐事，后来变成苦事，最后又变成乐事，仿佛"返老还童"似的。最初乘火车欢喜看景物，后来埋头看书，最后又不看书而欢喜看景物了。不过这回的欢喜与最初的欢喜性状不同：前者所见都是可喜的，后者所见却大多数是可惊的，可笑的，可悲的。不过在可惊可笑可悲的发见上，感到一种比埋头看书更多的兴味而已。故前者的欢喜是真的"欢喜"，若译英语可用happy或merry。后者却只是like或fond of，①不是真心的欢乐。实际，这原是比较而来的；因为看书实在没有许多好书可以使我集中兴味而忘却乘火车的沉闷。而这车厢社会里的种种人间相倒是一部活的好书，会时时向我展出新颖的page来。惯乘

---

① happy或merry是指心情的愉快、欢乐；like或fond of则是指喜爱。

火车的人，大概对我这话多少有些儿同感的吧！

　　不说车厢社会里的琐碎的事，但看各人的座位，已够使人惊叹了。同是买一张票的，有的人老实不客气地躺着，一人占有了五六个人的位置。看见找寻座位的人来了，把头向着里，故作鼾声，或者装作病人，或者举手指点那边，对他们说："前面很空，前面很空。"和平谦虚的乡下人大概会听信他的话，让他安睡，背着行李向他所指点的前面去另找"很空"的位置。有的人教行李分占了自己左右的两个位置，当作自己的卫队。若是方皮箱，又可当作自己的茶几。看见找座位的人来了，拼命埋头看报。对方倘不客气地向他提出："对不起，先生，请你的箱子放在上面了，大家坐坐！"他会指着远处打官话拒绝他："那边也好坐，你为什么一定要坐在这里？"说过管自看报了。和平谦虚的乡下人大概不再请求，让他坐在行李的护卫中看报，抱着孩子向他指点的那边去另找"好坐"的地方了。有的人没有行李，把身子扭转来，教一个屁股和一只大腿占据了两个人的座位，而悠闲地凭在窗中吸烟。他把大乌龟壳似的一个背部向着他的右邻，而用一只横置的左大腿来拒远他的左邻①。

------

① 当时火车车厢的座位是直排的，即两旁靠窗各一长排，中间背靠背两
　　长排。

这大腿上面的空间完全归他所有，可在其中从容地抽烟，看报。逢到找寻座位的人来了，把报纸堆在大腿上，把头钻出窗外，只作不闻不见。还有一种人，不取大腿的策略，而用一册书和一个帽子放在自己身旁的座位上。找座位的人倘来请他拿开，就回答他说"这里有人"。和平谦虚的乡下人大概会听信他，留这空位给他那"人"坐，扶着老人向别处去另找座位了。找不到座位时，他们就把行李放在门口，自己坐在行李上，或者抱了小孩，扶了老人站在W.C.的门口。查票的来了，不干涉躺着的人，以及用大腿或帽子占座位的人，却埋怨坐在行李上的人和抱了小孩扶了老人站在W.C.门口的人阻碍了走路，把他们骂脱几声。

我看到这种车厢社会里的状态，觉得可惊，又觉得可笑，可悲。可惊者，大家出同样的钱，购同样的票，明明是一律平等的乘客，为什么会演出这般不平等的状态？可笑者，那些强占座位的人，不惜装腔，撒谎，以图一己的苟安，而后来终得舍去他的好位置。可悲者，在这乘火车的期间中，苦了那些和平谦虚的乘客，他们始终只得坐在门口的行李上，或者抱了小孩，扶了老人站在W.C.的门口，还要被查票者骂脱几声。

在车厢社会里，但看座位这一点，已足使我惊叹了。何况其他种种的花样。总之，凡人间社会里所有的现状，在车厢社会中都有其缩图。故我们乘火车不必看书，但把车厢看作人间世的模型，足够消遣了。

回想自己乘火车的三时期的心境，也觉得可惊，可笑，又可悲。可惊者，从初乘火车经过老乘火车，而至于惯乘火车，时序的递变太快！可笑者，乘火车原来也是一件平常的事。幼时认为"电线木同栅栏一样"，车站同桃源一样，固然可笑，后来那样地厌恶它而埋头于书中，也一样地可笑。可悲者，我对于乘火车不复感到昔日的欢喜，而以观察车厢社会里的怪状为消遣，实在不是我所愿为之事。

于是我憧憬于过去在外国时所乘的火车。记得那车厢中很有秩序，全无现今所见的怪状。那时我们在车厢中不解众苦，只觉旅行之乐。但这原是过去已久的事，在现今的世间恐怕不会再见这种车厢社会了。前天同一位朋友从火车下来，出车站后他对我说了几句新诗似的东西，我记忆着。现在抄在这里当作结尾：

人生好比乘车：

有的早上早下，

有的迟上迟下，

有的早上迟下，

有的迟上早下。

上了车纷争座位，

下了车各自回家。

在车厢中留心保管你的车票，

下车时把车票原物还他。

1935年3月26日。

初冬浴日漫感

　　离开故居一两个月，一旦归来，坐到南窗下的书桌旁时第一感到异样的，是小半书桌的太阳光。原来夏已去，秋正尽，初冬方到。窗外的太阳已随分南倾了。

　　把椅子靠在窗缘上，背着窗坐了看书，太阳光笼罩了我的上半身。它非但不像一两月前地使我讨厌，反使我觉得暖烘地快适。这一切生命之母的太阳似乎正在把一种祛病延年、起死回生的乳汁，通过了它的光线而流注到我的身体中来。

　　我掩卷冥想：我吃惊于自己的感觉，为什么忽然这样变了？前日之所恶变成了今日之所欢；前日之所弃变成了今日之所求；前日之仇变成了今日之恩。张眼望见了弃置在高阁上的扇子，又吃一惊。前日之所欢变成了今日之所恶；前日之所求变成了今日之所弃；前日之恩变成了今日之仇。

忽又自笑："夏日可畏，冬日可爱"，以及"团扇弃捐"，古之名言，夫人皆知，又何足吃惊？于是我的理智屈服了。于是我的感觉仍不屈服，觉得当此炎凉递变的交代期上，自有一种异样的感觉，足以使我吃惊。这仿佛是太阳已经落山而天还没有全黑的傍晚时光：我们还可以感到昼，同时已可以感到夜。又好比一脚已跨上船而一脚尚在岸上的登舟时光：我们还可以感到陆，同时亦可以感到水。我们在夜里固皆知道有昼，在船上固皆知道有陆，但只是"知道"而已，不是"实感"。我久被初冬的日光笼罩在南窗下，身上发出汗来，渐渐润湿了衬衣。当此之时，浴日的"实感"与挥扇的"实感"在我身中混成一气，这不是可吃惊的经验吗？

于是我索性抛书，躺在墙角的藤椅里，用了这种混成的实感而环视室中，觉得有许多东西大变了相。有的东西变好了：像这个房间，在夏天常嫌其太小，洞开了一切窗门，还不够，几乎想拆去墙壁才好。但现在忽然大起来，大得很！不久将要用屏帏把它隔小来了。又如案上这把热水壶，以前曾被茶缸驱逐到碗橱的角里，现在又像纪念碑似的矗立在眼前了。棉被从前在伏日里晒的时候，大家讨嫌它既笨且厚，现在铺在床里，忽然使人悦目，样子也薄起来了。沙发椅子曾经想卖掉，现在幸而没有人买去。从前曾经想替黑猫脱下皮袍子，现在却羡慕它了。反之，有的东西变坏了：像风，从前人遇到了它都称"快哉！"欢迎它进来，现在渐渐拒绝它，不久要像防贼一样严防它入室了。又如竹榻，以前曾为众人所宝，极一时之荣，现在已无人问津，形容枯槁，毫无生气了。壁上一张汽水广告画。角上画着一大瓶汽水，和一只泛溢着白泡沫的玻璃杯，下面画着海水浴图。以前望见汽水图口角生津，看了海水浴图恨不得自己做了画中人，现在这幅画几乎使人打寒噤了。裸体的洋囝囡趺坐在窗口的小书架上，以前觉得它太写意，现在看它可怜起来。希腊古代名雕的石膏模型Venus①立像，把裙子褪在大腿边，高高地独立在凌空的花盆架上。我在夏天看见她的脸孔是带笑的，这几天望去忽觉其容有蹙，好像在悲叹她自己失却了两只手臂，无法拉起裙子来御寒。

其实，物何尝变相？是我自己的感觉变叛了。感觉何以能变叛？是自然教它的。自然的命令何其严重：夏天不

---

① Venus，即维纳斯，罗马神话中爱与美的女神。

由你不爱风，冬天不由你不爱日。自然的命令又何其滑稽：在夏天定要你赞颂冬天所诅咒的，在冬天定要你诅咒夏天所赞颂的！

人生也有冬夏，童年如夏，成年如冬；或少壮如夏，老大如冬。在人生的冬夏，自然也常教人的感觉变叛，其命令有这般严重，又这般滑稽。

1935年10月于石门湾。

西湖春游

古人赞美江南，不是信口乱道，确是亲身体会才说出来的。

西湖春游

我住在上海，离开杭州西湖很近，火车五六小时可到，每天火车有好几班。因此，我每年有游西湖的机会，而时间大都是春天。因为春天是西湖最美丽的季节。我很小的

人民的西湖
子恺作

游船售票处

时候在家乡从乳母口中听到西湖的赞美歌："西湖景致六条桥，间株杨柳间株桃。……"就觉得神往。长大后曾经在西湖旁边求学，在西湖上作客，经过数十寒暑，觉得西湖上的春天真正可爱，无怪远离西湖的穷乡僻壤的人都会唱西湖的赞美歌了。

然而西湖的最美丽的姿态，直到解放之后方才充分地表现出来。解放后每年春天到西湖，觉得它一年美丽一年，一年漂亮一年，一年可爱一年。到了解放第九年的春天，就是现在，它一定长得十分美丽，十分漂亮，十分可爱。可惜我刚从病院出来，不能随众人到西湖去游春；但在这里和读者作笔谈，亦是"画饼充饥"，聊胜于无。

西湖的最美丽的姿态，为什么直到解放后才充分表现出来呢？这是因为旧时代的西湖，只能看表面（山水风景），不能想内容（人事社会）。换言之，旧时代西湖的美只是形式美丽，而内容是丑恶不堪设想的。

譬如说，你悠闲地坐在西湖船里，远望湖边楼台亭阁，或者精巧玲珑，或者金碧辉煌，掩映出没于杨柳桃花之中，青山绿水之间。这光景多么美丽，真好比"海上仙山"！然而你只能用眼睛来看，却切不可用嘴巴来问，或者用头脑来想。你倘使问船老大"这是什么建筑？""这是谁的别庄？"因而想起了它们的主人，那么你一定大感不快，你一定会叹气或愤怒，你眼前的"美"不但完全消失，竟变成了"丑"！因为这些楼台亭阁的所有者，不是军阀，就是财阀；建造这些楼台亭阁的钱，不是贪污来的，便是敲诈来的，剥削来的！于是你坐在船里远远地望去，就会隐约地看见这些楼台亭阁上都有血迹！隐约地听见这些楼台亭阁上都有被压迫者的呻吟声——这真是大杀风景！这样的西湖有什么美？这样的西湖不值得游！西湖游春，谁能仅用眼睛看看而完全不想呢？

旧时代的好人真可怜！他们为了要欣赏西湖的美，只得勉强屏除一切思想，而仅看西湖的表面，仿佛麻醉了自己，聊以满足自己的美欲。记得古人有诗句云："小亭闲可坐，不必问谁家。"我初读这诗句时，认为这位诗人过于浪漫疏狂。后来仔细想想，觉得他也许怀着一片苦心：如果问起这小亭是谁家的，说不定这主人是个坏蛋，因而引起诗人的恶感，不屑坐他的亭子。旧时代的人欣赏西湖，就用这诗人的办法，不问谁家，但享美景。我小时候的音乐老师李叔同先生曾经为西湖作一首歌曲。且不说音乐，光就歌词而论，描写得真是美丽动人！让我抄录些在这里：

看明湖一碧，六桥锁烟水。

塔影参差，有画船自来去。

垂杨柳两行，绿染长堤。

飏晴风，又笛韵悠扬起。

看青山四围，高峰南北齐。

山色自空濛，有竹木媚幽姿。

探古洞烟霞，翠扑须眉。

霎暮雨，又钟声林外起。

大好湖山如此，独擅天然美。

明湖碧，又青山绿作堆。

漾晴光潋滟，带雨色幽奇。

靓妆比西子，尽浓淡总相宜。

　　这歌曲全部刊载在最近出版的《李叔同歌曲集》中。
我小时候求学于杭州西湖边的师范学校时，曾经在李先生
亲自指挥之下唱这歌曲的高音部（这歌曲是四部合唱）。当
时我年幼无知，只觉得这歌词描写西湖景致，曲尽其美，
唱起来比看图画更美，比实地游玩更美。现在重唱一遍，
回味一下，才感到前人的一片苦心：李先生在这长长的歌
曲中，几乎全部是描写风景，绝不提及人事。因为那时候
西湖上盘踞着许多贪官污吏，市侩流氓；风景最好的地位

都被这些人的私人公馆、别庄所占据。所以倘使提及人事，这西湖的美景势必完全消失，而变成种种丑恶的印象。所以李先生作这歌词的时候，掩住了耳朵，停止了思索，而单用眼睛来观看，仅仅描写眼睛所看见的部分。这样，六桥烟水、塔影垂杨、竹木幽姿、古洞烟霞、晴光雨色，就形成一种美丽的姿态，好比靓妆的西施活美人了。这仿佛是自己麻醉，自己欺骗。采用这种办法，虽然是李先生的一片苦心，但在今天看来，实在是不足为训的！

然而李先生在这歌曲中，不能说绝不提及人事。其中有两处不免与人事有关，即"有画船自来去""笛韵悠扬起"。坐在这画船里面的是何等样人？吹出这悠扬的笛声的是何等样人？这不可穷究了。李先生只能主观地假定坐在画船里的是一群同他一样风流潇洒的艺术家，吹笛的是同他一样知音善感的音乐家；或者坐在画船里的是一群天真烂漫的游客，吹笛的是一位冰清玉洁的美人。这样，才可以符合主观的意旨，才可以增加西湖的美丽。然而说起画船和笛，在我回忆中的印象很不好。记得有一次我和几个朋友买舟游湖。天朗气清，山明水秀，心情十分舒适。忽然，邻近的一只船上吹起笛来，声音悠扬悦耳，使得我们满船的人都停止了说话而倾听笛韵。后来这只船载着笛声远去，消失在烟波云水之间了。我们都不胜惋惜。船老大

旧时代的西湖 丰子恺绘

告诉我们：这船里载着的是上海来的某阔少和本地的某闻人，他们都会弄丝弦，都会唱戏，他们天天在湖上游玩……原来这些阔少和闻人，都是我们所"久闻大名"的。我听到这些人的"大名"，觉得眼前这"独擅天然美"的"大好湖山"忽然减色；而那笛声忽然难听起来，丑恶起来，终于变成了恶魔的啸嗷声。这笛声亵渎了这"大好湖山"，污辱了我的耳朵！我用手撩起些西湖水来洗一洗我的耳朵。——这是我回忆旧时代西湖上的"画船"和"笛韵"时所得的印象。

我疏忽了，李先生的西湖歌中涉及人事的，不止上述两处，还有一处呢，即"又钟声林外起"。打钟的是谁？在李先生的主观中大约是一位大慈大悲、大智大慧的高僧，或者面壁十年的苦行头陀，或者三戒具足的比丘。然而事实上恐怕不见得如此。在那时候，上述的那些高僧、头陀和比丘极少住在西湖上的寺院里，撞钟的可能是以做和尚为业的和尚，或者是公然不守清规的和尚。

李先生作那首西湖歌时，这些人事社会的内情是不想的，是不敢想的。因为一想就破坏西湖风景的美，一想就杀风景。李先生只得摒绝了思索和分辨，而仅用眼睛来看；不谈西湖的内容情状，而仅仅赞美西湖的表面形式。我同情李先生的苦心。我想，如果李先生迟生三十年，能够躬逢解放后的新时代，能够看到人民的西湖，那么他所作的西湖歌一定还要动人得多！

在这里，我不免要讲几句题外的话：我记得资本主义社会的美学中，有一个术语叫做"绝缘"，英文是isolation。所谓绝缘，就是说看到一个物象的时候，断绝了这物象对外界（人事社会）的一切关系，而孤零零地欣赏这物象本身的姿态（形状色彩）。他们认为"美感"是由于"绝缘"而发生的。他们认为：看见一个物象时，倘使想起这物象的内容意义，想起这物象对人类社会的关系、作用和意义，就看不清楚物象本身的姿态，就看不到物象的"美"。必须完全不想物象对人类社会的关系、作用和意义，而仅用视觉来欣赏它的形状和色彩，这才能够从物象获得"美感"。——这种美学学说的由来，现在我明白了：只因为在旧社会中，追究起事物的内容意义来，大都是卑鄙龌龊、不堪闻问的，因此有些御用的学者就造出这种学说来，教人摒绝思索，不论好坏，不分皂白，一味欣赏事物的外表，聊以满足美欲，这实在是可笑、可怜的美学！

闲话少说，言归本题。旧时代的西湖春游，还有一种更切身的苦痛呢。上述那种苦痛还可以用主观强调、自己麻醉等方法来暂时避免，而另有一种苦痛则直接袭击过来，使你身心不安，伤情扫兴，游兴大打折扣。这便是西湖上的社会秩序的混乱。游西湖的主要交通工具是游船，即杭州人所谓"划子"。这种划子一向入诗、入词、入画，真是风雅不过的东西；从红尘万丈的都市里来的人，坐在这种划子里荡漾湖中，真有"春水船如天上坐"的胜概。于是划划子的人就奇货可居，即杭州人所谓"刨黄瓜儿"。你要坐划子游西湖，先得鼓起勇气来，同划划子的人作一场斗争，然后怀着余怒坐到划子里去"欣赏"西湖景致。划划子的人本来都是清白的劳动者，但因受当时环境的压迫和恶劣作风的影响，一时不得不如此以求生存了。上船之后，照例是在各名胜古迹地点停船：平湖秋月、中山公园、西泠印社、岳坟、三潭印月、雷峰夕照、刘庄、汪庄……这些名胜古迹的确是环肥燕瘦，各有其美，然而往往不能畅游，不能放心地欣赏。因为这些地方的管理者都特别"客气"，一看到游客，立刻端出茶盘来；倘使看到派头阔绰的游客，就端出果盒来。这种"盛情"，最初领受一二，也还可以；然而再而三，三而四，甚至而五、而六、而七……游客便受宠若惊，看见茶盘连忙逃走，不管后面传来奚落

的、讥讽的叫声。若
是陪着老年人游玩，
处处要坐下来休息，
而且逃不快，那就是
他们所最欢迎的游客
了，便是最倒霉的游
客了。

旧时代的西湖
子恺回忆画

　　游西湖要会斗争，
会逃走——这是我数
十年来的"宝贵"经验。直到最近几年，解放后几年，这
"宝贵"经验忽然失却了效用。解放后有一年我到杭州，突
然觉得西湖有些异样：湖滨栏杆旁边那些馋涎欲滴的划子
手忽然不见了，讨价还价的斗争也没有了，只看见秩序井
然的买票处和和颜悦色的舟子。名胜古迹中逐客的茶盘也
不见了，到处明山秀水，任你逍遥盘桓。这一次我才十足
地享受了西湖春游的快美之感！

　　"西子蒙不洁，则人皆掩鼻而过之。"解放前数十年间，
我每逢游湖，就想起这两句话。路过湖滨的船埠头时，那
种乌烟瘴气竟可使人"掩鼻"。解放之后，这西子"斋戒沐
浴"过了。"大好湖山如此"，不但"独擅天然美"，又独擅
"人事美"，真可谓尽善尽美了！写到这里，我的心已经飞

驰到六桥三竺之间，神游于山明水秀、桃红柳绿之乡，不能再写下去了。

1958年春。

化作春泥更护花

——参观江西革命根据地随笔

　　我平生——孩童时代不算——难得流眼泪；但这次在南昌的烈士纪念堂里，竟流了不少。这里面的灵堂里，左右两排玻璃柜子，里面陈列着许多装潢很隆重的册子，是当年江西各地为解放战争而牺牲的烈士的名册。翻开来一看，里面记录着烈士的姓名、年岁、籍贯等；各村、各乡分别造册，有的一村牺牲数千名，有的一乡牺牲数万名，都用工整的楷书历历地记载着。楼上几个大房间的墙壁上，挂着许多烈士的照片，鲁迅先生记录过的刘和珍女烈士亦在其内。玻璃柜子里陈列着各烈士的遗物，有书册、信件、器什、血衣等，教人看了更是悲愤交集。

江西人民为革命付出了巨大的代价！据报道：第一次大革命时期江西全省人口有二千六百多万。到了一九四九年解放的时候，只剩下一千三百万。这就是说，在革命的斗争中被反动派摧残了一半人口。长征开始之后，国民党在江西各革命根据地进行了疯狂的烧杀。他们提出三句口号，叫做"茅厕要过火，石头要过刀，人要换种"。这期间江西人民死在敌人屠刀之下的共有七十多万。宁都县满门抄斩的有八千三百家。井冈山的村落全部被烧光。兴国一县参军者有六万多人，参加长征者有三万多人；解放时只剩三百多人。

千寻大树从根生

辛丑秋状参观江西革命根据地 于南昌作 子恺画

　　江西人民用千百万生命来换得了胜利！这些烈士的血化作了革命的动力，激励了全国人民的心，取得了巨大的胜利。我瞻仰烈士纪念堂之后，想起了古人的两句诗："落红不是无情物，化作春泥更护花。"这两句诗看似风雅优美，其实沉痛悲壮；看似消沉的，其实是积极的。

这就是"化悲愤为力量！"我把这两句诗吟了几遍，胸中的郁勃才消解了些。

我在南昌又参观了"八一纪念馆"。这里面陈列着"八一"起义时的各种纪念物。其中有当时所用的茶水缸、马灯、手电筒、武器以及红军的用品等，教人看了非常感动。这屋子本来是江西大旅社。周恩来、叶挺等同志当时住过的房间、用过的会议室，都照当时的原样保存着。朱德同志用过的手枪，也陈列在这里。贺龙指挥部的楼窗上，还留着当时的弹痕呢！

我又参观了当年朱德同志领导的"军官教导团"的旧址。现在这里面住着军士，但有一个房间里保留着朱德同志当时所用的床。这只床真使人吃惊：不但没有棕绷，竟连松板也没有，只是在木框子上钉着八九条竹片，每两条之间相距约有一两寸，上面铺一条薄薄的褥子，是当时的原物。我用手按按褥子，底下的竹片就一条一条地突出来，想见身体躺在这上面，是很不舒服的。如果躺过一夜，早上起来说不定身上会起条纹呢！我想想这种艰苦奋斗的精神，觉得愧感交集。我住在南昌的江西宾馆里，睡的是席梦思床，同这只床比较起来，真是天差地远。我有什么功德，今天来享受这幸福呢？

这种艰苦奋斗的精神，普遍地贯彻在江西革命根据地人民的心中。据当地的老英雄们说，他们为了支援前线，宁可自己少吃少穿。在极艰苦的期间，他们曾经发起"每天每人节约一两米、一个铜板"的运动。当干部的每人每天只有十二两米和一角钱的菜钱。为了支援红军，还有自动提出自带粮食、不吃公粮的。当时瑞金的人民有一只歌："白塔巍峨矗立，绵江长流向东。红色儿女前仆后继，任凭血雨腥风。"赣南区党委的第一书记刘建华同志曾经参加游击战十九年，直到解放为止。他告诉我们，那时候敌人搜山"清剿"，游击队天天要从这山头转到那山头，躲避危险。特别是从一九三五到一九三七年，最为艰苦，三年间极少有脱衣服睡觉的日子。吃的是野菜竹笋，有时简直挨饿。冬天没有棉被，坐在火堆旁边过夜。虽然敌人颁布了"通匪者杀"和"移民并村"等恶毒的办法，但是群众还是冒着生命危险，给游击队送情报，送衣服，送粮食。真是艰苦卓绝啊！

这种艰苦卓绝的精神和这种悲愤，都化作了无穷大的力量，取得了辉煌的胜利，又推动着伟大的社会主义建设。因人成事而坐享成果的我们，安得不感谢这些烈士和英雄，而尽心竭力地为社会主义建设服务呢？我在南昌填了一阕《望江南》：

南昌好，八一建奇勋。饮水思源怀烈士，揭竿起义忆群英。青史永留名。

1961年。

不肯去观音院

　　普陀山，是舟山群岛中的一个岛，岛上寺院甚多，自古以来是佛教圣地，香火不绝。浙江人有一句老话："行一善事，比南海普陀去烧香更好。"可知南海普陀去烧香是一大功德。因为古代没有汽船，只有帆船；而渡海到普陀岛，风浪甚大，旅途艰苦，所以功德很大。现在有了汽船，交通很方便了，但一般信佛的老太太依旧认为是一大功德。

　　我赴宁波旅行写生，因见春光明媚，又觉身体健好，游兴浓厚，便不肯回上海，却转赴普陀去"借佛游春"了。我童年时到过普陀，屈指计算，已有五十年不曾重游了。事隔半个世纪，加之以解放后普陀寺庙都修理得崭新，所以重游竟同初游一样，印象非常新鲜。

我从宁波乘船到定海，行程三小时；从定海坐汽车到沈家门，五十分钟；再从沈家门乘轮船到普陀，只费半小时。其时正值二月十九观世音菩萨生日，香客非常热闹，买香烛要排队，各寺院客房客满。但我不住寺院，住在定海专署所办的招待所中，倒很清静。

　　我游了四个主要的寺院：前寺、后寺、佛顶山、紫竹林。前寺是普陀的领导寺院，殿宇最为高大。后寺略小而设备庄严，千年以上的古木甚多。佛顶山有一千多石级，山顶常没在云雾中，登楼可以俯瞰普陀全岛，遥望东洋大海。紫竹林位在海边，屋宇较小，内供观音，住居者尽是尼僧；近旁有潮音洞，每逢潮涨，涛声异常洪亮。寺后有竹林，竹竿皆紫色。我曾折了一根细枝，藏在衣袋里，带回去作纪念品。这四个寺院都有悠久的历史，都有名贵的古物。我曾经参观两只极大的饭锅，每锅可容八九担米，可供千人吃饭，故名曰"千人锅"。我用手杖量量，其直径约有两手杖。我又参观了一只七千斤重的钟，其声宏大悠久，全山可以听见。

　　这四个主要寺院中，紫竹林比较的最为低小；然而它的历史在全山最为悠久，是普陀最初的一个寺院。而且这"开国元勋"与日本人有关。有一个故事，是紫竹林的一个尼僧告诉我的，她还有一篇记载挂在客厅里呢。这故事是这样：

千余年前，后梁时代，即公历九百年左右，日本有一位高僧，名叫慧锷的，乘帆船来华，到五台山请得了一位观世音菩萨像，将载回日本去供养。那帆船开到莲花洋地方，忽然开不动了。这慧锷法师就向观音菩萨祷告："菩萨如果不肯到日本去，随便菩萨要到哪里，我和尚就跟到哪里，终身供养。"祷告毕，帆船果然开动了。随风飘泊，一直来到了普陀岛的潮音洞旁边。慧锷法师便捧菩萨像登陆。此时普陀全无寺院，只有居民。有一个姓张的居民，知道日本僧人从五台山请观音来此，就捐献几间房屋，给他供养观音像。又替这房屋取个名字，叫做"不肯去观音院"。慧锷法师就在这不肯去观音院内终老。这不肯去观音院是普陀第一所寺院，是紫竹林的前身。紫竹林这名字是后来改的。有一个人为不肯去观音院题一首诗：

借问观世音，因何不肯去？
为渡大中华，有缘来此地。

如此看来，普陀这千余年来的佛教名胜之地，是由日本人创始的。可见中日两国人民自古就互相交往，具有密切的关系。我此次出游，在宁波天童寺想起了五百年前在此寺作画的雪舟，在普陀又听到了创造寺院的慧锷。一次旅行，遇到了两件与日本有关的事情，这也可证明中日两国人民关系之多了。不仅古代而已，现在也是如此。我经过定海，参观渔场时，听见渔民说起：近年来海面常有飓风暴发，将渔船吹到日本，日本的渔民就招待这些中国渔民，等到风息之后护送他们回到定海。有时日本的渔船也被飓风吹到中国来，中国的渔民也招待他们，护送他们回国。劳动人民本来是一家人。

不肯去观音院左旁，海边上有很长、很广、很平的沙滩。较小的一处叫做"百步沙"，较大的一处叫做"千步沙"。潮水不来时，我们就在沙上行走。脚踏到沙上，软绵绵的，比踏在芳草地上更加舒服。走了一阵，回头望望，看见自己的足迹连成一根长长的线，把平净如镜的沙面划破，似觉很可惜的。沙地上常有各种各样的贝壳，同游的人大家寻找拾集，我也拾了一个藏在衣袋里，带回去作纪念品。为了拾贝壳，把一片平沙踩得破破烂烂，很对它不起。然而第二天再来看看，依旧平净如镜，一点伤痕也没有了。我对这些沙滩颇感兴趣，不亚于四大寺院。

离开普陀山，我在路途中作了两首诗，记录在下面：

一别名山五十春，重游佛顶喜新晴。

东风吹起千岩浪，好似长征奏凯声。

寺寺烧香拜跪勤，庄严宝岛气氤氲。

观音颔首弥陀笑，喜见群生乐太平。

回到家里，摸摸衣袋，发现一个贝壳和一根紫竹，联想起
了普陀的不肯去观音院，便写这篇随笔。

1963 年清明节于上海。

酆 都

我童年住在故乡浙江石门湾时，听人传说，遥远的四川酆都县，是阴阳交界之处。那里的商店柜子上都放一盆水。顾客拿钱（那时没有纸币，都是铜币和银币）来买物，店员将钱丢在水里，如果沉的，是人的真钱；如果浮的，是鬼的纸钱，就退还他。后来我大起来，在地图上看到确有酆都这地方，知道这明明是谣言。

抗日战争期间，我避寇居重庆，有一次乘轮东下，到酆都去游玩。入市一看，土地平旷，屋舍俨然，行人熙来攘往，市容富丽繁华，非但不像阴间，实比阳间更为阳间。尤其是那地方的人民，态度都很和气，对我这来宾殷勤招待。据他们说，此间气候甚佳，冬暖夏凉。团体机关，人事都很和谐，绝少有纠纷摩擦。天时、地利、人和，此间兼而有之，我颇想卜居于此。

我与当地诸君谈及外间的谣言，皆言可笑。但据说当地确有一森罗殿，即阎王殿，备极壮丽。当年香火甚盛，今则除极少数乡愚外，无有参拜者。仅有老道二三人居留其中，作为古迹看守而已。诸君问我要去参观否，我欣诺。彼等预先告我，入门时勿受泥塑木雕所惊。我跨进殿门，果有一活无常青面獠牙，两眼流血，手执破扇，向我扑将过来，其头离我身不及一尺。我进内，此活无常即起立，不复睬我。盖门内设有跷跷板，活无常装置在一端也。记得我乡某庙亦有此装置，吓死了一个乡下老太，就拆毁了。此间则还是当作古迹保存。其中列坐十殿阎王，雕塑非常精美，显然不是近代之物。当作佛教美术参观，颇有意味。殿内匾额对联甚多。我注意到两联，至今不忘。其一曰："为恶必灭，若有不灭，祖宗之遗德，德尽必灭；为善必昌，若有不昌，祖宗之遗殃，殃尽必昌。"其二曰："百善孝当先，论心不论事，论事天下无孝子；万恶淫为首，论事不论心，论心天下无完人。"前者提倡命定论，措词巧妙。后者勉人为善，说理精当。

1972 年。

塘　栖

夏目漱石的小说《旅宿》（日文名《草枕》）中，有这样的一段文章："像火车那样足以代表二十世纪的文明的东西，恐怕没有了。把几百个人装在同样的箱子里蓦然地拉走，毫不留情。被装进在箱子里的许多人，必须大家用同样的速度奔向同一车站，同样地熏沐蒸汽的恩泽。别人都说乘火车，我说是装进火车里。别人都说乘了火车走，我说被火车搬运。像火车那样蔑视个性的东西是没有的了。……"

我翻译这篇小说时，一面非笑这位夏目先生的顽固，一面体谅他的心情。在二十世纪中，这样重视个性，这样嫌恶物质文明的，恐怕没有了。有之，还有一个我，我自己也怀着和他同样的心情呢。从我乡石门湾到杭州，只要坐一小时轮船，乘一小时火车，就可到达。但我常常坐客船，走运河，在塘栖过夜，走它两三天，到横河桥上岸，再坐黄包车来到田家园的寓所。这寓所赛如我的"行宫"，有一男仆经常照管着。我那时不务正业，全靠在家写作度日，虽不富裕，倒也开销得过。

客船是我们水乡一带地方特有的一种船。水乡地方，河流四通八达。这环境娇养了人，三五里路也要坐船，不肯步行。客船最讲究，船内装备极好。分为船艄、船舱、船头三部分，都有板壁隔开。船艄是摇船人工作之所，烧饭也在这里。船舱是客人坐的，船头上安置什物。舱内设一榻、一小桌，两旁开玻璃窗，窗下都有坐板。那张小桌平时摆在船舱角里，三只短脚搁在坐板上，一只长脚落地。倘有四人共饮，三只短脚可接长来，四脚落地，放在船舱中央。此桌约有二尺见方，叉麻雀也可以。舱内隔壁上都嵌着书画镜框，竟像一间小小的客堂。这种船真可称之为画船。这种画船雇用一天大约一元。（那时米价每石约二元半。）我家在附近各埠都有亲戚，往来常坐客船。因此船家把我们当作老主顾。但普通只雇一天，不在船中宿夜。只有我到杭州，才包它好几天。

吃过早饭，把被褥用品送进船内，从容开船。凭窗闲眺两岸景色，自得其乐。中午，船家送出酒饭来。傍晚到达塘栖，我就上岸去吃酒了。塘栖是一个镇，其特色是家家门前建着凉棚，不怕天雨。有一句话，叫做"塘栖镇上落雨，淋勿着"。"淋"与"轮"发音相似，所以凡事轮不着，就说"塘栖镇上落雨"。且说塘栖的酒店，有一特色，即酒菜种类多而分量少。几十只小盆子罗列着，有荤有素，有干有湿，有甜有咸，随顾客选择。真正吃酒的人，才能赏识这种酒家。若是壮士、莽汉，像樊哙、鲁智深之流，不宜上这种酒家。他们狼吞虎嚼起来，一盆酒菜不够一口。必须是所谓酒徒，才可请进来。酒徒吃酒，不在菜多，但求味美。呷一口花雕，嚼一片嫩笋，其味无穷。这种人深得酒中三昧，所以称之为"徒"。迷于赌博的叫做赌徒，迷于吃酒的叫做酒徒。但爱酒毕竟和爱钱不同，故酒徒不宜与赌徒同列。和尚称为僧徒，与酒徒同列可也。我发了这许多议论，无非要表示我是个酒徒，故能赏识塘栖的酒家。我吃过一斤花雕，要酒家做碗素面，便醉饱了。算还了酒钞，便走出门，到淋勿着的塘栖街上去散步。塘栖枇杷是有名的。我买些白沙枇杷，回到船里，分些给船娘，然后自吃。

在船里吃枇杷是一件快适的事。吃枇杷要剥皮，要出核，把手弄脏，把桌子弄脏。吃好之后必须收拾桌子，洗手，实在麻烦。船里吃枇杷就没有这种麻烦。靠在船窗口吃，皮和核都丢在河里，吃好之后在河里洗手。坐船逢雨天，在别处是不快的，在塘栖却别有趣味。因为岸上淋勿着，绝不妨碍你上岸。况且有一种诗趣，使你想起古人的佳句："人人尽说江南好，游人只合江南老。春水碧于天，画船听雨眠。""闲梦江南梅熟日，夜船吹笛雨潇潇。"古人赞美江南，不是信口乱道，确是亲身体会才说出来的。江南佳丽地，塘栖水乡是代表之一。我谢绝了二十世纪的文明产物的火车，不惜工本地坐客船到杭州，实在并非顽固。知我者，其唯夏目漱石乎？

1972年。

四轩柱

　　我的故乡石门湾，是运河打弯的地方，又是春秋时候越国造石门的地方，故名石门湾。运河里面还有条支流，叫做后河。我家就在后河旁边。沿着运河都是商店，整天骚闹，只有男人们在活动；后河则较为清静，女人们也出场，就中有四个老太婆，最为出名，叫做四轩柱。

　　以我家为中心，左面两个轩柱，右面两个轩柱。先从左面说起。住在凉棚底下的一个老太婆叫做莫五娘娘。这莫五娘娘有三个儿子，大儿子叫莫福荃，在市内开一爿杂货店，生活裕如。中儿子叫莫明荃，是个游民，有人说他暗中做贼，但也不曾破过案。小儿子叫木铣阿三，是个戆大，不会工作，只会吃饭。莫五娘娘打木铣阿三，是一出

089

好戏，大家要看。莫五娘娘手里拿了一根棍子，要打木铳阿三。木铳阿三逃，莫五娘娘追。快要追上了，木铳阿三忽然回头，向莫五娘娘背后逃走。莫五娘娘回转身来再追，木铳阿三又忽然回头，向莫五娘娘背后逃走。这样地表演了三五遍，莫五娘娘吃不消了，坐在地上大哭。看的人大笑。此时木铳阿三逃之杳杳了。这个把戏，每个月总要表演一两次。有一天，我同豆腐店王囡囡坐在门口竹榻上闲谈。王囡囡说："莫五娘娘长久不打木铳阿三了，好打了。"没有说完，果然看见木铳阿三从屋里逃出来，莫五娘娘拿了那根棍子追出来了。木铳阿三看见我们在笑，他心生一计，连忙逃过来抱住了王囡囡。我乘势逃开。莫五娘娘举起棍子来打木铳阿三，一半打在王囡囡身上。王囡囡大哭喊痛。他的祖母定四娘娘赶出来，大骂莫五娘娘："这怪老太婆！我的孙子要你打？"就伸手去夺她手里的棒。莫五娘娘身躯肥大，周转不灵，被矫健灵活的定四娘娘一推，竟跌到了河里。木铳阿三毕竟有孝心，连忙下水去救，把娘像落汤鸡一样驮了起来，幸而是夏天，单衣薄裳的，没有受冻，只是受了些惊。莫五娘娘从此有好些时不出门。

第二个轩柱，便是定四娘娘。她自从把莫五娘娘打落水之后，名望更高，大家见她怕了。她推销生意的本领最大。上午，乡下来的航船停埠的时候，定四娘娘便大声推销货物。她熟悉人头，见农民大都叫得出："张家大伯！今天的千张格外厚，多买点去。李家大伯，豆腐干是新鲜的，拿十块去！"就把货塞在他们的篮里。附近另有一家豆腐店，是陈老五开的，生意远不及王囡囡豆腐店，就因为缺少像定四娘娘的一个推销员。定四娘娘对附近的人家都熟悉，常常穿门入户，进去说三话四。我家是她的贴邻，她来得更勤。我家除母亲以外，大家不爱吃肉，桌上都是素菜。而定四娘娘来的时候，大都是吃饭时候。幸而她像《红楼梦》里的凤姐一样，人没有进来，声音先听到了。我母亲听到了她的声音，立刻到橱里去拿出一碗肉来，放在桌上，免得她说我们"吃得寡薄"。她一面看我们吃，一面同我母亲闲谈，报告她各种新闻：哪里吊死了一个人；哪里新开了一爿什么店；汪宏泰的酥糖比徐宝禄的好，徐家的重四两，汪家的有四两五；哪家的姑娘同哪家的儿子对了亲，分送的茶枣讲究得很，都装锡罐头；哪家的姑娘养了个私生子；等等。我母亲爱听她这种新闻，所以也很欢迎她。

第三个轩柱，是盆子三娘娘。她是包酒馆里永林阿四的祖母。他的已死的祖父叫做盆子三阿爹，因为他的性情很坦①，像盆子一样；于是他的妻子就也叫做盆子三娘娘。

---

① 坦，吴方言，意为不慌不忙，动作缓慢。

其实，三娘娘的性情并不坦，她很健谈。而且消息灵通，远胜于定四娘娘。定四娘娘报道消息，加的油盐酱醋较少，而盆子三娘娘的报道消息，加入多量的油盐酱醋，叫它变味走样。所以有人说："盆子三娘娘坐着讲，只能听一半；立着讲，一句也听不得。"她出门，看见一个人，只要是她所认识的，就和他谈。她从家里出门，到街上买物，不到一二百步路，她来往要走两三个钟头。因为到处勾留，一勾留就是几十分钟。她指手画脚地说："桐家桥头的草棚着了火了，烧杀了三个人！"后来一探听，原来一个人也没有烧杀，只是一个老头子烧掉了些胡子。"塘河里一只火轮船撞沉了一只米船，几十担米全部沉在河里！"其实是米船为了避开火轮船，在石埠子上撞了一下，船头里漏了水，打湿了几包米，拿到岸上来晒。她出门买物，一路上这样地讲过去，有时竟忘记了买物，空手回家。盆子三娘娘在后河一带确是一个有名人物。但自从她家打了一次官司，她的名望更大了。

事情是这样：她有一个孙子，年纪二十多岁，做医生的，名叫陆李王。因为他幼时为了要保证健康长寿，过继给含山寺里的菩萨太君娘娘，太君娘娘姓陆。他又过继给另外一个人，姓李。他自己姓王。把三个姓连起来，就叫他"陆李王"。这陆李王生得眉清目秀，皮肤雪白。有一个女子看上了他，和他私通。但陆李王早已娶妻，这私通是违法的。女子的父亲便去告官。官要逮捕陆李王。盆子三娘娘着急了，去同附近有名的沈四相公商量，送他些礼物。沈四相公就替她作证，说他们没有私通。但女的已经招认。于是县官逮捕沈四相公，把他关进三厢堂（是秀才坐的牢监，比普通牢监舒服些）。盆子三娘娘更着急了，挽出她包酒馆里的伙计阿二来，叫他去顶替沈四相公。允许他"养杀你①"。阿二上堂，被县官打了三百板子，腿打烂了。官司便结束。阿二就在这包酒馆里受供养，因为腿烂，人们叫他"烂膀②阿二"。这事件轰动了全石门湾。盆子三娘娘的名望由此增大。就有人把这事编成评弹，到处演唱卖钱。我家附近有一个乞丐模样的汉子，叫做"毒头③阿三"。他编的最出色，人们都爱听他唱。我还记得唱词中有几句："陆李王的面孔白来有看头，厚底鞋子寸半头，直罗④汗巾三转头……"描写盆子三娘娘去请托沈四相公，唱道："水鸡⑤烧肉一碗头，拍拍胸脯点点头。……"全部都用

---

① 养杀你，意即供养你一辈子直到老死。

② 烂膀，意即烂腿。

③ 毒头，意即神经病或傻瓜。

④ 直罗，即有直的隐条的丝织品。

⑤ 水鸡，即甲鱼。

"头"字，编得非常自然而动听。欧洲中世纪的游唱诗人（Troubadour，Minnesinger①），想来也不过如此吧。毒头阿三唱时，要求把大门关好，因为盆子三娘娘看到了要打他。

第四个轩柱是何三娘娘。她家住在我家的染作场隔壁。她的丈夫叫做何老三。何三娘娘生得短小精悍，喉咙又尖又响，骂起人来像怪鸟叫。她养几只鸡，放在门口街路上。有时鸡蛋被人拾了去，她就要骂半天。有一次，她的一双弓鞋晒在门口阶沿石上，不见了。这回她骂得特别起劲："穿了这双鞋子，马上要困棺材！""偷我鞋子的人，世世代代做小娘（即妓女）！"何三娘娘的骂人，远近闻名。大家听惯了，便不当一回事，说一声"何三娘娘又在骂人了"，置之不理。有一次，何三娘娘正站在阶沿石上大骂其人，何老三喝醉了酒从街上回来，他的身子高大，力气又好，不问青红皂白，把这瘦小的何三娘娘一把抱住，走进门去。何三娘娘的两只小脚乱抖乱撑，大骂"杀千刀！"旁人哈哈大笑。

何三娘娘常常生病，生的病总是肚痛。这时候，何老

---

① Troubadour 和 Minnesinger 指的都是游吟诗人，区别主要在于他们的活动区域。Troubadour 主要活跃于法国南部，Minnesinger 主要活跃于德国。

三便上街去买一个猪头，扛在肩上，在街上走一转。看见人便说："老太婆生病，今天谢菩萨。"谢菩萨又名拜三牲，就是买一个猪头，一条鱼，杀一只鸡，供起菩萨像来，点起香烛，请一个道士来拜祷。主人跟着道士跪拜，恭请菩萨醉饱之后快快离去，勿再同我们的何三娘娘为难。拜罢之后，须得请邻居和亲友吃"谢菩萨夜饭"。这些邻居和亲友，都是送过份子的。份子者，就是钱。婚丧大事，送的叫做"人情"，有送数十元的，有送数元的，至少得送四角。至于谢菩萨，送的叫做"份子"，大都是一角或至多两角。菩萨谢过之后，主人叫人去请送份子的大家来吃夜饭。然而大多数不来吃。所以谢菩萨大有好处。何老三捐了一个猪头到街上去走一转，目的就是要大家送份子。谢菩萨之风，在当时盛行。有人生病，郎中看不好，就谢菩萨。有好些人家，外面在吃谢菩萨夜饭，里面的病人断气了。再者，谢菩萨夜饭的猪头肉烧得半生不熟，吃的人回家去就生病，亦复不少。我家也曾谢过几次菩萨，是谁生病，记不清了。总之，要我跟着道士跪拜。我家幸而没有为谢菩萨而死人。我在这环境中，侥幸没有早死，竟能活到七十多岁，在这里写这篇随笔，也是一个奇迹。

1972年。

元帅菩萨

　　石门湾南市梢有一座庙，叫做元帅庙。香火很盛。正月初一日烧头香的人，半夜里拿了香烛，站在庙门口等开门。据说烧得到头香，菩萨会保佑的。每年五月十四日，元帅菩萨迎会。排场非常盛大！长长的行列，开头是夜叉队，七八个人脸上涂青色，身穿青衣，手持钢叉，锵锵振响。随后是一盆炭火，由两人扛着，不时地浇上烧酒，发出青色的光，好似鬼火。随后是臂香队和肉身灯队。臂香者，一只锋利的铁钩挂在左臂的皮肉上，底下挂一只廿几斤重的锡香炉，皮肉居然不断。肉身灯者，一个赤膊的人，腰间前后左右插七八根竹子，每根竹子上挂一盏油灯，竹子的一端用钩子钉在人的身体上。据说这样做，是为了"报娘恩"。

随后是犯人队。许多人穿着犯人衣服，背上插一白旗，上写"斩犯一名×××"。①再后面是拈香队，许多穿长衫的人士，捧着长香，踱着方步。然后是元帅菩萨的轿子，八人扛着，慢慢地走。后面是细乐队，香亭。众人望见菩萨轿子，大家合掌作揖。我五六岁时，看见菩萨，不懂得作揖，却喊道："元帅菩萨的眼睛会动的！"大人们连忙掩住我的口，教我作揖。第二天，我生病了，眼睛转动。大家说这是昨天喊了那句话的缘故。我的母亲连忙到元帅庙里去上香叩头，并且许愿。父亲请医生来看病，医生说我是发惊风。吃了一颗丸药就好了。但店里的人大家说不是丸药之功，是母亲去许愿，菩萨原谅了之故。后来办了猪头三牲，去请菩萨。

为此，这元帅庙里香火极盛，每年收入甚丰。庙里有两个庙祝，贪得无厌，想出一个奸计来扩大做生意。某年迎会前一天，照例祭神。庙祝预先买嘱一流氓，教他在祭时大骂"菩萨无灵，泥塑木雕"，同时取食神前的酒肉，然后假装肚痛，伏地求饶。如此，每月来领银洋若干元。流氓同意了，一切照办。岂知酒一下肚，立刻七孔流血，死在神前。原来庙祝已在酒中放入砒霜，有意毒死这流氓来

---

① 依据当地风俗观念，认为生病是罪孽所致，因此病人有时在神前许愿：若得病愈，当在元帅会上扮作犯人以示赎罪。

大做广告。远近闻讯，都来看视，大家宣传菩萨的威灵。于是元帅庙的香火大盛，两个庙祝大发其财。后来为了分赃不均，两人争执起来，泄露了这阴谋，被官警捉去法办，两人都杀头。我后来在某笔记小说中看到一个故事，与此相似。有一农民入市归来，在一古墓前石凳上小坐休息。他把手中的两个馒头放在一个石翁仲①的头上，以免蚂蚁侵食。临走时，忘记了这两个馒头。附近有两个老婆子，发见了这馒头，便大肆宣传，说石菩萨有灵，头上会生出馒头来。就在当地搭一草棚，摆设神案香烛，叩头礼拜。远近闻讯，都来拜祷。老婆子将香灰当作仙方，卖给病人。偶然病愈了，求仙方的人越来越多，老婆子大发其财。有一流氓看了垂涎，向老婆子敲竹杠。老婆子教他明日当众人来求仙方时，大骂石菩萨无灵，取食酒肉，然后假装肚痛，倒在神前。如此，每月分送银洋若干。流氓照办。岂知酒中有毒，流氓当场死在神前。此讯传出，石菩萨威名大震，仙方生意兴隆，老婆子大发其财。后来为了分赃不均，两个老婆子闹翻了，泄露阴谋，被官警捉去正法。元帅庙的事件，与此事完全相似，也可谓"智者所见皆同"。

1972年。

---

① 石翁仲，即古代帝王或大臣墓前的石人像。

给我的
孩子们

现在我回忆这儿时的事，常常使我神往！

给我的孩子们

我的孩子们，我憧憬于你们的生活，每天不止一次！我想委曲地说出来，使你们自己晓得。可惜到你们懂得我的话的意思的时候，你们将不复是可以使我憧憬的人了。这是何等可悲哀的事啊！

瞻瞻！你尤其可佩服。你是身心全部公开的真人。你什么事体都像拼命地用全副精力去对付。小小的失意，像花生米翻落地了，自己嚼了舌头了，小猫不肯吃糕了，你都要哭得嘴唇翻白，昏去一两分钟。外婆普陀去烧香买回来给你的泥人，你何等鞠躬尽瘁地抱他，喂他；有一天你自己失手把他打破了，你的号哭的悲哀，比大人们的破产，失恋，broken heart①，丧考妣，全军覆没的悲哀都要真切。两把芭蕉扇做的脚踏车，麻雀牌堆成的火车，汽车，你何等认真地看待，挺直了嗓子叫"汪——""咕咕咕……"，来代替汽笛。宝姐姐讲故事给你听，说到"月亮姐姐挂下一只篮来，宝姐姐坐在篮里吊了上去，瞻瞻在下面看"的时候，你何等激昂地同她争，说"瞻瞻要上去，宝姐姐在下面看！"甚至哭到漫姑②面前去求审判。我每次剃了头，你真心地疑我变了和尚，好几时不要我抱。最是今年夏天，你坐在我膝上发见了我腋下的长毛，当作黄鼠狼的时候，你何等伤心，你立刻从我身上爬下去，起初眼瞪瞪地对我端相，继而大失所望地号哭，看看，哭哭，如同对被判定了死罪的亲友一样。你要我抱你到车站里去，多多益善地要买香蕉，满满地擒了两手回来，回到门口时你已经熟睡在我的肩上，手里的香蕉不知落在哪里去了。这是何等可佩服的真率，自然，与热情！大人间的所谓"沉默""含蓄""深刻"的美德，比起你来，全是不自然的，病的，伪的！

你们每天做火车，做汽车，办酒，请菩萨，堆六面画，唱歌，全是自动的，创造创作的生活。大人们的呼号"归

---

① broken heart，英文，意即心碎。
② 漫姑，即作者的三姐丰满。

自然！""生活的艺术化！""劳动的艺术化！"在你们面前真是出丑得很了！依样画几笔画，写几篇文的人称为艺术家，创作家，对你们更要愧死！

你们的创作力，比大人真是强盛得多哩：瞻瞻！你的身体不及椅子的一半，却常常要搬动它，与它一同翻倒在地上；你又要把一杯茶横转来藏在抽斗里，要皮球停在壁上，要拉住火车的尾巴，要月亮出来，要天停止下雨。在这等小小的事件中，明明表示着你们的小弱的体力与智力不足以应付强盛的创作欲、表现欲的驱使，因而遭逢失败。然而你们是不受大自然的支配，不受人类社会的束缚的创造者，所以你的遭逢失败，例如火车尾巴拉不住，月亮呼不出来的时候，你们决不承认是事实的不可能，总以为是爹爹妈妈不肯帮你们办到，同不许你们弄自鸣钟同例，所以愤愤地哭了，你们的世界何等广大！

你们一定想：终天无聊地伏在案上弄笔的爸爸，终天闷闷地坐在窗下弄引线的妈妈，是何等无气性的奇怪的动物！你们所视为奇怪动物的我与你们的母亲，有时确实难为了你们，摧残了你们，回想起来，真是不安心得很！

阿宝！有一晚你拿软软的新鞋子，和自己脚上脱下来的鞋子，给凳子的脚穿了，划袜立在地上，得意地叫"阿宝两只脚，凳子四只脚"的时候，你母亲喊着"龌龊了袜子!”立刻擒你到藤榻上，动手毁坏你的创作。当你蹲在榻上注视你母亲动手毁坏的时候，你的小心里一定感到"母亲这种人，何等杀风景而野蛮"吧！

瞻瞻！有一天开明书店送了几册新出版的毛边的《音乐入门》来。我用小刀把书页一张一张地裁开来，你侧着头，站在桌边默默地看。后来我从学校回来，你已经在我的书架上拿了一本连史纸印的中国装的《楚辞》，把它裁破了十几页，得意地对我说："爸爸！瞻瞻也会裁了！"瞻瞻！这在你原是何等成功的欢喜，何等得意的作品！却被我一个惊骇的"哼！"字喊得你哭了。那时候你也一定抱怨"爸爸何等不明"吧！

软软！你常常要弄我的长锋羊毫，我看见了总是无情地夺脱你。现在你一定轻视我，想道："你终于要我画你的画集的封面！"①

最不安心的，是有时我还要拉一个你们所最怕的陆露沙医生来，教他用他的大手来摸你们的肚子，甚至用刀来在你们臂上割几下，还要教妈妈和漫姑擒住了你们的手脚，捏住了你们的鼻子，把很苦的水灌到你们的嘴里去。这在

———————————

① 这篇文章是《子恺画集》（1927年开明书店出版）的代序。《子恺画集》的封面画即软软所作。

你们一定认为是太无人道的野蛮举动吧！

孩子们！你们真果抱怨我，我倒欢喜；到你们的抱怨变为感谢的时候，我的悲哀来了！

我在世间，永没有逢到像你们样出肺肝相示的人。世间的人群结合，永没有像你们样的彻底地真实而纯洁。最是我到上海去干了无聊的所谓"事"回来，或者去同不相干的人们做了叫做"上课"的一种把戏回来，你们在门口或车站旁等我的时候，我心中何等惭愧又欢喜！惭愧我为什么去做这等无聊的事，欢喜我又得暂时放怀一切地加入你们的真生活的团体。

但是，你们的黄金时代有限，现实终于要暴露的。这是我经验过来的情形，也是大人们谁也经验过的情形。我眼看见儿时的伴侣中的英雄，好汉，一个个退缩，顺从，妥协，屈服起来，到像绵羊的地步。我自己也是如此。"后之视今，亦犹今之视昔"，你们不久也要走这条路呢！

我的孩子们！憧憬于你们的生活的我，痴心要为你们永远挽留这黄金时代在这册子里。然这真不过像"蜘蛛网落花"略微保留一点春的痕迹而已。且到你们懂得我这片心情的时候，你们早已不是这样的人，我的画在世间已无可印证了！这是何等可悲哀的事啊！

《子恺画集》代序，1926年耶诞节作。

忆儿时[①]

一

我回忆儿时，有三件不能忘却的事。

第一件是养蚕。那是我五六岁时、我祖母在日的事。我祖母是一个豪爽而善于享乐的人，良辰佳节不肯轻轻放过。养蚕也每年大规模地举行。其实，我长大后才晓得，祖母的养蚕并非专为图利，叶贵的年头常要蚀本，然而她喜欢这暮春的点缀，故每年大规模地举行。我所喜欢的，最初是蚕落地铺。那时我们的三开间的厅上、地上统是蚕，

[①] 原刊于1927年《小说月报》第18卷第6期。

架着经纬的跳板，以便通行及饲叶。蒋五伯挑了担到地里去采叶，我与诸姐跟了去，去吃桑葚。蚕落地铺的时候，桑葚已很紫而甜了，比杨梅好吃得多。我们吃饱之后，又用一张大叶做一只碗，采了一碗桑葚，跟了蒋五伯回来。蒋五伯饲蚕，我就以走跳板为戏乐，常常失足翻落地铺里，压死许多蚕宝宝，祖母忙喊蒋五伯抱我起来，不许我再走。然而这满屋的跳板，像棋盘街一样，又很低，走起来一点也不怕，真是有趣。这真是一年一度的难得的乐事！所以虽然祖母禁止，我总是每天要去走。

蚕上山之后，全家静默守护，那时不许小孩子们吵了，我暂时感到沉闷。然而过了几天，采茧，做丝，热闹的空气又浓起来了。我们每年照例请牛桥头七娘娘来做丝。蒋五伯每天买枇杷和软糕来给采茧、做丝、烧火的人吃。大家认为现在是辛苦而有希望的时候，应该享受这点心，都不客气地取食。我也无功受禄地天天吃多量的枇杷与软糕，这又是乐事。

七娘娘做丝休息的时候，捧了水烟筒，伸出她左手上的短少半段的小指给我看，对我说：做丝的时候，丝车后面，是万万不可走近去的。她的小指，便是小时候不留心被丝车轴棒轧脱的。她又说："小囡囡不可走近丝车后面去，只管坐在我身旁，吃枇杷，吃软糕。还有做丝做出来的蚕蛹，叫妈妈油炒一炒，真好吃哩！"然而我始终不要吃蚕蛹，大概是我爸爸和诸姐都不要吃的缘故。我所乐的，只是那时候家里的非常的空气。日常固定不动的堂窗、长台、八仙椅子，都收拾去，而变成不常见的丝车、匾、缸。又不断地公然地可以吃小食。

丝做好后，蒋五伯口中唱着"要吃枇杷，来年蚕罢"，收拾丝车，恢复一切陈设。我感到一种兴尽的寂寥。然而对于这种变换，倒也觉得新奇而有趣。

现在我回忆这儿时的事，常常使我神往！祖母、蒋五伯、七娘娘和诸姐都像童话里、戏剧里的人物了。且在我看来，他们当时这剧的主人公便是我。何等甜美的回忆！只是这剧的题材，现在我仔细想想觉得不好：养蚕做丝，在生计上原是幸福的，然其本身是数万的生灵的杀虐！《西青散记》里面有两句仙人的诗句："自织藕丝衫子嫩，可怜辛苦赦春蚕。"安得人间也发明织藕丝的丝车，而尽赦天下的春蚕的性命！

我七岁上祖母死了，我家不复养蚕。不久父亲与诸姐弟相继死亡，家道衰落了，我的幸福的儿时也过去了。因此这回忆一面使我永远神往，一面又使我永远忏悔。

二

第二件不能忘却的事，是父亲的中秋赏月，而赏月之乐的中心，在于吃蟹。

我的父亲中了举人之后，科举就废，他无事在家，每天吃酒，看书。他不要吃羊、牛、猪肉，而喜欢吃鱼、虾之类。而对于蟹，尤其喜欢。自七八月起直到冬天，父亲平日的晚酌规定吃一只蟹，一碗隔壁豆腐店里买来的开锅热豆腐干。他的晚酌，时间总在黄昏。八仙桌上一盏洋油灯，一把紫砂酒壶，一只盛热豆腐干的碎瓷盖碗，一把水烟筒，一本书，桌子角上一只端坐的老猫，我脑中这印象非常深刻，到现在还可以清楚地浮现出来，我在旁边看，有时他给我一只蟹脚或半块豆腐干。然我喜欢蟹脚。蟹的味道真好，我们五个姊妹兄弟，都喜欢吃，也是为了父亲喜欢吃的缘故。只有母亲与我们相反，喜欢吃肉，而不喜欢又不会吃蟹，吃的时候常常被蟹螯上的刺刺开手指，出血；而且抉剔得很不干净，父亲常常说她是外行。父亲说：吃蟹是风雅的事，吃法也要内行才懂得。先折蟹脚，后开蟹斗……脚上的拳头（即关节）里的肉怎样可以吃干净，脐里的肉怎样可以剔出……脚爪可以当作剔肉的针……蟹螯上的骨头可以拼成一只很好看的蝴蝶……父亲吃蟹真是内行，吃得非常干净。所以陈妈妈说："老爷吃下来的蟹壳，真是蟹壳。"

蟹的储藏所，就在天井角落里的缸里，经常总养着十来只。到了七夕、七月半、中秋、重阳等节候上，缸里的蟹就满了，那时我们都有得吃，而且每人得吃一大只，或一只半。尤其是中秋一天，兴致更浓。在深黄昏，移桌子到隔壁的白场①上的月光下面去吃。更深人静，明月底下只有我们一家的人，恰好围成一桌，此外只有一个供差使的红英坐在旁边。大家谈笑，看月亮，他们——父亲和诸姐——直到月落时光，我则半途睡去，与父亲和诸姐不分而散。

这原是为了父亲嗜蟹，以吃蟹为中心而举行的。故这种夜宴，不仅限于中秋，有蟹的节季里的月夜，无端也要举行数次。不过不是良辰佳节，我们少吃一点，有时两人分吃一只。我们都学父亲，剥得很精细，剥出来的肉不是立刻吃的，都积受在蟹斗里，剥完之后，放一点姜醋，拌一拌，就作为下饭的菜，此外没有别的菜了。因为父亲吃菜是很省的，而且他说蟹是至味，吃蟹时混吃别的菜肴，

———————————

① 白场，吴方言，意即空场地。

是乏味的。我们也学他，半蟹斗的蟹肉，过两碗饭还有余，就可得父亲的称赞，又可以白口吃下余多的蟹肉，所以大家都勉力节省。现在回想那时候，半条蟹腿肉要过两大口饭，这滋味真好！自父亲死了以后，我不曾再尝这种好滋味。现在，我已经自己做父亲，况且已经茹素，当然永远不会再尝这滋味了。唉！儿时欢乐，何等使我神往！

然而这一剧的题材，仍是生灵的杀虐！因此这回忆一面使我永远神往，一面又使我永远忏悔。

三

第三件不能忘却的事，是与隔壁豆腐店里的王囡囡的交游，而这交游的中心，在于钓鱼。

那是我十二三岁时的事，隔壁豆腐店里的王囡囡是当时我的小伴侣中的大阿哥。他是独子，他的母亲、祖母和大伯，都很疼爱他，给他很多的钱和玩具，而且每天放任他在外游玩。他家与我家贴邻而居。我家的人们每天赴市，必须经过他家的豆腐店的门口，两家的人们朝夕相见，互相来往。小孩们也朝夕相见，互相来往。此外他家对于我家似乎还有一种邻人以上的深切的交谊，故他家的人对于我特别要好，他的祖母常常拿自产的豆腐干、豆腐衣等来送给我父亲下酒。同时在小侣伴中，王囡囡也特别和我要好。他的年纪比我大，气力比我好，生活比我丰富，我们一道游玩的时候，他时时引导我，照顾我，犹似长兄对于幼弟。我们有时就在我家的染坊店里的榻上玩耍，有时相偕出游。他的祖母每次看见我俩一同玩耍，必叮嘱囡囡好好看待我，勿要相骂。我听人说，他家似乎曾经患难，而我父亲曾经帮他们忙，所以他家大人们吩咐王囡囡照应我。

我起初不会钓鱼，是王囡囡教我的。他叫他大伯买两副钓竿，一副送我，一副他自己用。他到米桶里去捉许多米虫，浸在盛水的罐头里，领了我到木场桥头去钓鱼。他教给我看，先捉起一个米虫来，把钓钩由虫尾穿进，直穿到头部。然后放下水去。他又说："浮珠一动，你要立刻拉，那么钩子钩住鱼的颚，鱼就逃不脱。"我照他所教的试验，果然第一天钓了十几头白条，然而都是他帮我拉钓竿的。

第二天，他手里拿了半罐头扑杀的苍蝇，又来约我去钓鱼。途中他对我说："不一定是米虫，用苍蝇钓鱼更好。鱼喜欢吃苍蝇！"这一天我们钓了一小桶各种的鱼。回家的时候，他把鱼桶送到我家里，说他不要。我母亲就叫红英去煎一煎，给我下晚饭。

自此以后，我只管欢喜钓鱼。不一定要王囡囡陪去，自己一人也去钓，又学得了掘蚯蚓来钓鱼的方法。而且钓来的鱼，不仅够自己下晚饭，还可送给店里的人吃，或给猫吃。我记得这时候我的热心钓鱼，不仅出于游戏欲，又有几分功利的兴味在内。有三四个夏季，我热心于钓鱼，给母亲省了不少的菜蔬钱。

后来我长大了，赴他乡入学，不复有钓鱼的工夫。但在书中常常读到赞咏钓鱼的文句，例如什么"独钓寒江雪"，什么"渔樵度此身"，才知道钓鱼原来是很风雅的事。后来又晓得有所谓"游钓之地"的美名称，是形容人的故乡的。我大受其煽惑，为之大发牢骚：我想"钓鱼确是雅的，我的故乡，确是我的游钓之地，确是可怀的故乡"。但是现在想想，不幸而这题材也是生灵的杀虐！

我的黄金时代很短，可怀念的又只有这三件事。不幸而都是杀生取乐，都使我永远忏悔。

作父亲

　　楼窗下的弄里远地传来一片声音："咿哟，咿哟……"渐近渐响起来。

　　一个孩子从算草簿中抬起头来，张大眼睛倾听一会，"小鸡！小鸡！"叫了起来。四个孩子同时放弃手中的笔，飞奔下楼，好像路上的一群麻雀听见了行人的脚步声而飞去一般。

　　我刚才扶起他们所带倒的凳子，拾起桌子上滚下去的铅笔，听见大门口一片呐喊："买小鸡！买小鸡！"其中又混着哭声。连忙下楼一看，原来元草因为落伍而狂奔，在庭中跌了一跤，跌痛了膝盖骨不能再跑，恐怕小鸡被哥哥、姐姐们买完了轮不着他，所以激烈地哭着。我扶了他走出大门口，看见一群孩子正向一个挑着一担"咿哟，咿哟"的人招呼，欢迎他走近来。元草立刻离开我，上前去加入团体，且跳且喊："买小鸡！买小鸡！"泪珠跟了他的一跳一跳而从脸上滴到地上。

孩子们见我出来，大家回转身来包围了我。"买小鸡！买小鸡！"的喊声由命令的语气变成了请愿的语气，喊得比前更响了。他们仿佛想把这些音蓄入我的身体中，希望它们由我的口上开出来。独有元草直接拉住了担子的绳而狂喊。

我全无养小鸡的兴趣；而且想起了以后的种种麻烦，觉得可怕。但乡居寂寥，绝对屏除外来的诱惑而强迫一群孩子在看惯的几间屋子里隐居这一个星期日，似也有些残忍。且让这个"咿哟，咿哟"来打破门庭的岑寂，当作长闲的春昼的一种点缀吧。我就招呼挑担的，叫他把小鸡给我们看看。

他停下担子，揭开前面的一笼。"咿哟，咿哟"的声音忽然放大。但见一个细网的下面，蠕动着无数可爱的小鸡，好像许多活的雪球。五六个孩子蹲集在笼子的四周，一齐倾情地叫着"好来！好来！"一瞬间我的心也屏绝了思虑而没入在这些小动物的姿态的美中，体会了孩子们对于小鸡的热爱的心情。许多小手伸入笼中，竞指一只纯白的小鸡，有的几乎要隔网捉住它。挑担的忙把盖子无情地冒上，许多"咿哟，咿哟"的雪球和一群"好来，好来"的孩子就变成了咫尺天涯。孩子们怅望笼子的盖，依附在我的身边，有的伸手摸我的袋。我就向挑担的人说话：

"小鸡卖几钱一只？"

"一块洋钱四只。"

"这样小的，要卖二角半钱一只？可以便宜些否？"

"便宜勿得，二角半钱最少了。"

他说过，挑起担子就走。大的孩子脉脉含情地目送他，小的孩子拉住了我的衣襟而连叫"要买！要买！"挑担的越走得快，他们喊得越响。我摇手止住孩子们的喊声，再向挑担的问：

"一角半钱一只卖不卖？给你六角钱买四只吧！"

"没有还价！"

他并不停步，但略微旋转头来说了这一句话，就赶紧向前面跑。"咿哟，咿哟"的声音渐渐地远起来了。

元草的喊声就变成哭声。大的孩子锁着眉头不绝地探望挑担者的背影，又注视我的脸色。我用手掩住了元草的口，再向挑担人远远地招呼：

"二角大洋一只，卖了吧！"

"没有还价！"

他说过便昂然地向前进行，悠长地叫出一声"卖——小——鸡——！"其背影便在弄口的转角上消失了。我这里只留着一个号啕大哭的孩子。

对门的大嫂子曾经从矮门上探头出来看过小鸡，这时候就拿着针线走出来，倚在门上，笑着劝慰哭的孩子，她说：

"不要哭！等一会儿还有担子挑来，我来叫你呢！"她又笑着向我说：

"这个卖小鸡的想做好生意。他看见小孩子哭着要买，越是不肯让价了。昨天坍墙圈里买的一角洋钱一只，比刚才的还大一半呢！"

我同她略谈了几句，硬拉了哭着的孩子回进门来。别的孩子也懒洋洋地跟了进来。我原想为长闲的春昼找些点缀而走出门口来的，不料讨个没趣，扶了一个哭着的孩子而回进来。庭中柳树正在骀荡的春光中摇曳柔条，堂前的燕子正在安稳的新巢上低徊软语。我们这个刁巧的挑担者和痛哭的孩子，在这一片和平美丽的春景中很不调和啊！

关上大门，我一面为元草揩拭眼泪，一面对孩子们说：

"你们大家说'好来，好来''要买，要买'，那人就不肯让价了！"

小的孩子听不懂我的话，继续抽噎着；大的孩子听了我的话若有所思。我继续抚慰他们：

"我们等一会再来买吧，隔壁大妈会喊我们的。但你们下次……"

我不说下去了。因为下面的话是"看见好的嘴上不可说好，想要的嘴上不可说要"。倘再进一步，就变成"看见好的嘴上应该说不好，想要的嘴上应该说不要"了。在这一片天真烂漫光明正大的春景中，向哪里容藏这样教导孩子的一个父亲呢？

1933年5月20日。

梦　痕[①]

我的左额上有一条同眉毛一般长短的疤。这是我儿时游戏中在门槛上跌破了头颅而结成的。相面先生说这是破相，这是缺陷。但我自己美其名曰"梦痕"。因为这是我的梦一般的儿童时代所遗留下来的唯一的痕迹。由这痕迹可以探寻我的儿童时代的美丽的梦。

我四五岁时，有一天，我家为了"打送"（吾乡风俗，亲戚家的孩子第一次上门来做客，辞去时，主人家必做几盘包子送他，名曰"打送"）某家的小客人，母亲、姑母、

[①]　原刊于1934年《人间世》第8期，原名《疤》。

婶母和诸姊们都在做米粉包子。厅屋的中间放一只大匾，匾的中央放一只大盘，盘内盛着一大堆黏土一般的米粉，和一大碗做馅用的甜甜的豆沙。母亲们大家围坐在大匾的四周。各人卷起衣袖，向盘内摘取一块米粉来，捏做一只碗的形状；夹取一筷豆沙来藏在这碗内；然后把碗口收拢来，做成一个圆子。再用手法把圆子捏成三角形，扭出三条绞丝花纹的脊梁来；最后在脊梁凑合的中心点上打一个红色的"寿"字印子，包子便做成。一圈一圈地陈列在大匾内，样子很是好看。大家一边做，一边兴高采烈地说笑。有时说谁的做得太小，谁的做得太大；有时称姑母的做得太玲珑，有时笑指母亲的做得像个锅饼。笑语之声，充满一堂。这是年中难得的全家欢笑的日子。而在我，做孩子们的，在这种日子更有无上的欢乐；在准备做包子时，我得先吃一碗甜甜的豆沙。做的时侯，我只要噪闹一下子，母亲们会另做一只小包子来给我当场就吃。新鲜的米粉和新鲜的豆沙，热热地做出来味道就是很好的。我往往吃一只不够，再吵闹一下子就得吃第二只。倘然吃第二只还不够，我可嚷着要替她们打寿字印子。这印子是不容易打的：蘸的水太多了，打出来一塌糊涂，看不出寿字；蘸的水太少了，打出来又不清楚；况且位置要摆得正，歪了就难看；打坏了又不能揩抹涂改。所以我嚷着要打印子，是母亲们所最怕的事。她们便会和我请商，把做圆子收口时摘下来的一小粒米粉给我，叫我"自己做来自己吃"。这正是我所盼望的主要目的！开了这个例之后，各人做圆子收口时摘下来的米粉，就都得照例归我所有。再不够时还得要求向大盘中扭一把米粉来，自由捏造各种黏土手工：捏一个人，团拢了，改捏一个狗；再团拢了，再改捏一支水烟管，捏到手上的龌龊都混入其中，而白的米粉变成了灰色的时候，我再向她们要一朵豆沙来，裹成各种三不像的东西，吃下肚子里去。这一天因为我吵得特别厉害些，姑母做了两只小玲珑的包子给我吃，母亲又外加一团米粉给我玩。为求自由，我不在那场上吃弄，拿了到店堂里，和五哥哥一同玩弄。五哥哥者，后来我知道是我们店里的学徒，但在当时我只知道他是我儿时的最亲爱的伴侣。他的年纪比我大，智力比我高，胆量比我大，他常做出种种我所意想不到的玩意儿来，使得我惊奇。这一天我把包子和米粉拿出去同他共玩，他就寻出几个印泥菩萨的小型的红泥印子来，教我印米粉菩萨。

后来我们争执起来，他拿了他的米粉菩萨逃。我就拿了我的米粉菩萨追。追到排门旁边，我跌了一跤，额骨磕在排门槛上，磕了眼睛大小的一个洞，便昏迷不省。等到有知觉的时候，我已被抱在母亲手里，外科郎中蔡德本先生，正在用布条向我的头上重重叠叠地包裹。

自从我跌伤以后，五哥哥每天乘店里空闲的时候到楼上来审问我。来时必然偷偷地从衣袖里摸出些我所爱玩的东西来——例如关在自来火匣子里的几只叩头虫，洋皮纸人头，老菱壳做成的小脚，顺治铜钿磨成的小刀等——送给我玩，直到我额上结成这个疤。

讲起我额上的疤的来由，我的回想中印象最清楚的人物，莫如五哥哥。而五哥哥的种种可惊可喜的行状，与我的儿童时代的欢乐，也便跟了这回想而历历地浮出到眼前来。

他的行为的顽皮，我现在想起了还觉吃惊。但这种行为对于当时的我，有莫大的吸引力。使我时时刻刻追随他，自愿地做他的从者。他用手捉住一条大蜈蚣，摘去了它的有毒的钩爪，而藏在衣袖里，走到各处，随时拿出来吓人。我跟了他走，欣赏他的把戏。他有时偷偷地把这条蜈蚣放在别人的瓜皮帽子上，让它沿着那人的额骨爬下去，吓得那人直跳起来。有时怀着这条蜈蚣去登坑，等候邻席的登坑者正在拉粪的时候，把蜈蚣丢在他的裤子上，使得那人扭着裤子乱跳，累了满身的粪。又有时当众人面前他偷把这条蜈蚣放在自己的额上，假装被咬的样子而号啕大哭起来，使得满座的人惊惶失措，七手八脚地为他营救。正在危急存亡的时候，他伸起手来收拾了这条蜈蚣，忽然破涕为笑，一缕烟逃走了。后来这套戏法渐渐做穿，有的人警告他说，若是再拿出蜈蚣来，要打头颈拳了。于是他换出别种花样来：他躲在门口，等候警告打头颈拳的人将走出门，突然大叫一声，倒身在门槛边的地上，乱滚乱撞，哭着嚷着，说是践踏了一条臂膀粗的大蛇，但蛇是已经窜进榻底下去了。走出门来的人被他这一吓，实在魂飞魄散；但见他的受难比他更深，也无可奈何他，只怪自己的运气不好。他看见一群人蹲在岸边钓鱼，便参加进去，和蹲着的人闲谈。同时偷偷地把其中相接近的两人的辫子梢头结住了，自己就走开，躲到远处去作壁上观。被结住的两人中若有一人起身欲去，滑稽剧就演出来给他看了。诸如此类的恶戏，不胜枚举。

现在回想他这种玩耍，实在近于为虐的戏谑。但当时他热心地创作，而热心地欣赏的孩子，也不止我一个。世间的严正的教育者！请稍稍原谅他的顽皮！我们的儿时，在私塾里偷偷地玩了一个折纸手工，是要遭先生用铜笔套管在额骨上猛钉几下，外加在至圣先师孔子之神位面前跪一炷香的！

况且我们的五哥哥也曾用他的智力和技术来发明种种富有趣味的玩意，我现在想起了还可以神往。暮春的时候，他领我到田野去偷新蚕豆。把嫩的生吃了，而用老的来做"蚕豆水龙"。其做法，用煤头纸火把老蚕豆荚熏得半熟，剪去其下端，用手一捏，荚里的两粒豆就从下端滑出，再将荚的顶端稍稍剪去一点，使成一个小孔。然后把豆荚放在水里，待它装满了水，以一手的指捏住其下端而取出来，再以另一手的指用力压榨豆荚，一条细长的水带便从豆荚的顶端的小孔内射出。制法精巧的，射水可达一二丈之远。他又教我"豆梗笛"的做法：摘取豌豆的嫩梗长约寸许，以一端塞入口中轻轻咬嚼，吹时便发嗒嗒之音，再摘取蚕豆梗的下段，长约四五寸，用指爪在梗上均匀地开几个洞，做成豆的样子。然后把豌豆梗插入这笛的一端，用两手的指随意启闭各洞而吹奏起来，其音宛如无腔之短笛。他又教我用洋蜡烛的油做种种的浇造和塑造。用芋艿或番薯镌刻种种的印版，大类今的木版画……诸如此类的玩意儿，亦复不胜枚举。

现在我对这些儿时的乐事久已缘远了。但在说起我额上的疤的来由时，还能热烈地回忆神情活跃的五哥哥和这种兴致勃勃的玩意儿。谁言我左额上的疤痕是缺陷？这是我的儿时欢乐的佐证，我的黄金时代的遗迹。过去的事，一切都同梦幻一般地消灭，没有痕迹留存了。只有这个疤，好像是"脊杖二十，刺配军州"时打在脸上的金印，永久地明显地记录着过去的事实，一说起就可使我历历地回忆前尘。仿佛我是在儿童世界的本贯地方犯了罪，被刺配到这成人社会的"远恶军州"来的。这无期的流刑虽然使我永无还乡之望，但凭这脸上的金印，还可回溯往昔，追寻故乡的美丽的梦啊！

口中剿匪记

　　口中剿匪，就是把牙齿拔光。为什么要这样说法呢？因为我口中所剩十七颗牙齿，不但毫无用处，而且常常作祟，使我受苦不浅。现在索性把它们拔光，犹如把盘踞要害的群匪剿尽，肃清，从此可以天下太平，安居乐业。这比喻非常确切，所以我要这样说。

　　把我的十七颗牙齿，比方一群匪，再像没有了。不过这匪不是普通所谓"匪"，而是官匪，即贪官污吏。何以言之？因为普通所谓"匪"，是当局明令通缉的，或地方合力严防的，直称为"匪"。而我的牙齿则不然：它们虽然向我作祟，而我非但不通缉它们，严防它们，反而袒护它们。我天天洗刷它们；我留心保养它们；吃食物的时候我让它

126

们先尝；说话的时候我委屈地迁就它们；我决心不敢冒犯它们。我如此爱护它们，所以我口中这群匪，不是普通所谓"匪"。

怎见得像官匪，即贪官污吏呢？官是政府任命的，人民推戴的。但他们竟不尽责任，而贪赃枉法，作恶为非，以危害国家，蹂躏人民。我的十七颗牙齿，正同这批人物一样。它们原是我亲生的，从小在我口中长大起来的。它们是我身体的一部分，与我痛痒相关的。它们是我吸取营养的第一道关口。它们替我研磨食物，送到我的胃里去营养我全身。它们站在我的言论机关的要路上，帮助我发表意见。它们真是我的忠仆，我的护卫。讵料它们居心不良，渐渐变坏。起初，有时还替我服务，为我造福，而有时对我虐害，使我苦痛。到后来它们作恶太多，个个变坏，歪斜偏侧，吊儿郎当，根本没有替我服务、为我造福的能力，而一味对我贼害，使我奇痒，使我大痛，使我不能吸烟，使我不得喝酒，使我不能作画，使我不能作文，使我不得说话，使我不得安眠。这种苦头是谁给我吃的？便是我亲生的，本当替我服务、为我造福的牙齿！因此，我忍气吞声，敢怒而不敢言。在这班贪官污吏的苛政之下，我茹苦含辛，已经隐忍了近十年了！不但隐忍，还要不断地买黑人牙膏、消治龙牙膏来孝敬它们呢！

我以前反对拔牙，一则怕痛，二则我认为此事违背天命，不近人情。现在回想，我那时真有文王之至德，宁可让商纣方命虐民，而不肯加以诛戮。直到最近，我受了易昭雪牙医师的一次劝告，文王忽然变了武王，毅然决然地兴兵伐纣，代天行道了。而且这一次革命，顺利进行，迅速成功。武王伐纣要"血流漂杵"，而我的口中剿匪，不见血光，不觉苦痛，比武王高明得多呢。

饮水思源，我得感谢许钦文先生。秋初有一天，他来看我，他满口金牙，欣然地对我说："我认识一位牙医生，就是易昭雪。我劝你也去请教一下。"那时我还有文王之德，不忍诛暴。便反问他："装了究竟有什么好处呢？"他说："夫妻从此不讨相骂了。"我不胜赞叹。并非羡慕夫妻不相骂，却是佩服许先生说话的幽默。幽默的功用真伟大，后来有一天，我居然自动地走进易医师的诊所里去，躺在他的椅子上了。经过他的检查和忠告之后，我恍然大悟，原来我口中的国土内，养了一大批官匪，若不把这批人物杀光，国家永远不得太平，民生永远不得幸福。我就下决心，马上任命易医师为口中剿匪总司令，次日立即向口中进攻。攻了十一天，连根拔起，满门抄斩，全部贪官，从此肃清。我方不伤一兵一卒，全无苦痛，顺利成功。于是我再托易医师另行物色一批人才来。要个个方正，个个干练，个个为国效劳，为民服务。我口中的国土，从此可以天下太平了。

1947年冬于杭州。

阿　咪

　　阿咪者，小白猫也。十五年前我曾为大白猫"白象"写文。白象死后又曾养一黄猫，并未为它写文。最近来了这阿咪，似觉非写不可了。盖在黄猫时代我早有所感，想再度替猫写照。但念此种文章，无益于世道人心，不写也罢。黄猫短命而死之后，写文之念遂消。直至最近，友人送了我这阿咪，此念复萌，不可遏止。率尔命笔，也顾不得世道人心了。

　　阿咪之父是中国猫，之母是外国猫。故阿咪毛甚长，有似兔子。想是秉承母教之故，态度异常活泼。除睡觉外，竟无片刻静止。地上倘有一物，便是它的游戏伴侣，百玩不厌。人倘理睬它一下，它就用姿态动作代替言语，和你大打交道。此时你即使有要事在身，也只得暂时撇开，与它应酬一下；即使有懊恼在心，也自会忘怀一切，笑逐颜开。哭的孩子看见了阿咪，会破涕为笑呢。

我家平日只有四个大人和半个小孩。半个小孩者，便是我女儿的干女儿，住在隔壁，每星期三天宿在家里，四天宿在这里，但白天总是上学。因此，我家白昼往往岑寂，写作的埋头写作，做家务的专心家务，肃静无声，有时竟像修道院。自从来了阿咪，家中忽然热闹了。厨房里常有保姆的话声或骂声，其对象便是阿咪。室中常有陌生的笑谈声，是送信人或邮递员在欣赏阿咪。来客之中，送信人及邮递员最是枯燥，往往交了信件就走，绝少开口谈话。自从家里有了阿咪，这些客人亲昵得多了。常常因猫而问长问短，有说有笑，送出了信件还是留连不忍遽去。

访客之中，有的也很枯燥无味。他们是为公事或私事或礼貌而来的，谈话有的规矩严肃，有的噜苏疙瘩，有的虚空无聊，谈完了天气之后只得默守冷场。然而自从来了阿咪，我们的谈话有了插曲，有了调节，主客都舒畅了。有一个为正经而来的客人，正在侃侃而谈之时，看见阿咪姗姗而来，注意力便被吸引，不能再谈下去，甚至我问他也不回答了。又有一个客人向我叙述一件颇伤脑筋之事，谈话冗长曲折，连听者也很吃力。谈至中途，阿咪蹦跳而来，无端地仰卧在我面前了。这客人正在愤慨之际，忽然转怒为喜，停止发言，赞道："这猫很有趣！"便欣赏它，抚弄它，获得了片时的休息与调节。有一个客人带了个孩子来。我们谈话，孩子不感兴味，在旁枯坐。我家此时没有小主人可陪小客人，我正抱歉，忽然阿咪从沙发下钻出，抱住了我的脚。于是大小客人共同欣赏阿咪，三人就团结一气了。后来我应酬大客人，阿咪替我招待小客人，我这主人就放心了。原来小朋友最爱猫，和它厮伴半天，也不厌倦；甚至被它抓出了血也情愿。因为他们有一共通性：活泼好动。女孩子更喜欢猫，逗它玩它，抱它喂它，劳而不怨。因为她们也有个共通性：娇痴亲昵。

　　写到这里，我回想起已故的黄猫来了。这猫名叫"猫伯伯"。在我们故乡，伯伯不一定是尊称。我们称鬼为"鬼伯伯"，称贼为"贼伯伯"。故猫也不妨称为"猫伯伯"。大约对于特殊而引人注目的人物，都可讥讽地称之为伯伯。这猫的确是特殊而引人注目的。我的女儿最喜欢它。有时她正在写稿，忽然猫伯伯跳上书桌来，面对着她，端端正正地坐在稿纸上了。她不忍驱逐，就放下了笔，和它玩耍一会。有时它竟盘拢身体，就在稿纸上睡觉了，身体仿佛一堆牛粪，正好装满了一张稿纸。有一天，来了一位难得光临的贵客。我正襟危坐，专心应对。"久仰久仰""岂敢岂敢",有似演剧。忽然猫伯伯跳上矮桌来,嗅嗅贵客的衣袖。我觉得太唐突,想赶走它。贵客却抚它的背,极口称赞:"这猫真好!"话头转向了猫,紧张的演剧就变成了和乐的闲谈。后来我把猫伯伯抱开,放在地上,希望它去了,好让我们演完这一幕。岂知过得不久,忽然猫伯伯跳到沙发背后,迅速地爬上贵客的背脊,端端正正地坐在他的后颈上了!这贵客身体魁梧奇伟,背脊颇有些驼,坐着喝茶时,猫伯伯看来是个小山坡,爬上去很不吃力。此时我但见贵客的天官赐福的面孔上方,露出一个威风凛凛的猫头,画出来真好看呢!我以主人口气呵斥猫伯伯的无礼,一面起身捉猫。但贵客摇手阻止,把头低下,使山坡平坦些,让猫伯伯坐得舒服。如此甚好,我也何必做杀风景的主人呢?于是主客关系亲密起来,交情深入了一步。

可知猫是男女老幼一切人民大家喜爱的动物。猫的可爱,可说是群众意见。而实际上,如上所述,猫的确能化岑寂为热闹,变枯燥为生趣,转懊恼为欢笑;能助人亲善,教人团结。即使不捕老鼠，也有功于人生。那么我今为猫写照，恐是未可厚非之事吧？猫伯伯行年四岁，短命而死。这阿咪青春尚只三个月。希望它长寿健康，像我老家的老猫一样，活到十八岁。这老猫是我的父亲的爱物。父亲晚酌时，它总是端坐在酒壶边。父亲常常摘些豆腐干喂它。六十年前之事，今犹历历在目呢。

壬寅（1962年）仲夏于上海作。

眉

少年时初学西洋画，读一册英文书*Figure Drawing*（《人体画法》），看见其中说：成人的眼睛，都生在头的正中，但学者往往画得太高。因为他们以为眼睛下面有鼻有口，能吃，能说，而眼睛上面只有眉毛，无有作用，所以把眼睛画得高些。这便画错了。

我看到"眉毛无有作用"这句话，想见中国人和西洋人对眉毛的看法大不相同。中国人重视眉毛，而西洋人则不甚注意。大约因为他们凹目凸鼻，眉毛很不显著；而中国人脸面平坦，眉清目秀故也。所以在西洋诗文中，极少谈到眉；而中国诗文中，眉是美妙的描写对象。不但诗文中，在口头语中，也常说到眉："眉来眼去""眉飞色舞"

"眉头一皱，计上心来"……

张敞画眉是关于眉的佳话。画眉有深有浅，故曰："妆罢低声问夫婿，画眉深浅入时无？"画眉又有各种形式，故曰"十样宫眉捧寿觞""淡扫蛾眉朝至尊"。眉以长为美，故曰："情高意真，眉长鬓青""借问承恩者，双蛾几许长？"眉能传情，故曰"贪与萧郎眉语，不知舞错伊州"。诗人又把眉比作远山，故曰"水是眼波横，山是眉峰聚"。

可见画眉是女子妆扮时的一种重要工作。我小时曾看见有些女子，把原来的眉毛剃光，完全画出来。汉时童谣中说："城中好广眉，四方且半额。"可见画眉之道，由来久矣。鲁迅先生说"横眉冷对千夫指"，可知男子的眉也富有表情作用。

1972年。

胜利还乡记

大树被斩伐，生机并不绝。

春来怒抽条，气象何蓬勃！

家

廿六（1937）年冬，我仓皇弃家，徒手出奔。所有图书器物，与缘缘堂同归于尽。卅五（1946）年秋胜利还乡，凭吊故居，但见一片草原，上有野生树木高数丈矣。忽有乡亲持一箱来，曰：此缘缘堂被毁前夕代为冒险抢出者，今以归还物主。启视之，书籍，函牍，书稿，文稿，乱杂残缺，半属废物；惟中有原稿一篇题名为"家"者依然完好。读之，十年前事，憬然在目。稿末无年月；但料是"八一三"左右所作，未及发表，委弃于堂中者①。此虎口余生，亦足珍惜。遂为加序，付杂志发表。卅六（1947）年六月十日记。

从南京的朋友家里回到南京的旅馆里，又从南京的旅馆里回到杭州的别寓里，又从杭州的别寓里回到石门湾的缘缘堂本宅里，每次起一种感想，逐记如下。

当在南京的朋友家里的时候，我很高兴。因为主人是我的老朋友。我们在少年时代曾经共数晨夕。后来为生活而劳燕分飞，虽然大家形骸老了些，心情冷了些，态度板了些，说话空了些，然而心的底里的一点灵火大家还保存着，常在谈话之中互相露示。这使得我们的会晤异常亲热。加之主人的物质生活程度的高低同我的相仿佛，家庭设备也同我的相类似。我平日所需要的：一毛大洋一两的茶叶，听头的大美丽香烟，有人供给开水的热水壶，随手可取的牙签，适体的藤椅，光度恰好的小窗，他家里都有，使我坐在他的书房里感觉同坐在自己的书房里相似。加之他的夫人善于招待，对于客人表示真诚的殷勤，而绝无优待的

---

① 作者记忆有误，本篇其实曾发在1936年11月16日《论语》第100期（家的专号）上。发表时文末有日期。作者于箱中所发现的或许是自留底稿。作者后来又在文前加此开场白，发表于《文艺知识连丛》第一集之四（1947年8月20日）。

虐待。优待的虐待，是我在作客中常常受到而顶顶可怕的。例如拿了不到半寸长的火柴来为我点香烟，弄得大家仓皇失措，我的胡须几被烧去；把我所不欢喜吃的菜蔬堆在我的饭碗上，使我无法下箸；强夺我的饭碗去添饭，使我吃得停食；藏过我的行囊，使我不得告辞。这种招待，即使出于诚意，在我认为是逐客令，统称之为优待的虐待。这回我所住的人家的夫人，全无此种恶习，但把不缺乏的香烟自来火放在你能自由取得的地方而并不用自来火烧你的胡须；但把精致的菜蔬摆在你能自由夹取的地方，饭桶摆在你能自由添取的地方，而并不勉强你吃；但在你告辞的时光表示诚意的挽留，而并不监禁。这在我认为是最诚意的优待。这使得我非常高兴。英语称勿客气曰at home。我在这主人家里作客，真同at home一样，所以非常高兴。

然而这究竟不是我的home，饭后谈了一会，我惦记起我的旅馆来。我在旅馆，可以自由行住坐卧，可以自由差使我的茶房，可以凭法币之力而自由满足我的要求。比较起受主人家款待的作客生活来，究竟更为自由。我在旅馆要住四五天，比较起一饭就告别的作客生活来，究竟更为永久。因此，主人的书房的屋里虽然布置妥帖，主人的招待虽然殷勤周至，但在我总觉得不安心。所谓"凉亭虽好，不是久居之所"。饭后谈了一会，我就告别回家。这所谓

"家"，就是我的旅馆。

当我从朋友家回到了旅馆里的时候，觉得很适意。因为这旅馆在各点上是称我心的。第一，它的价钱还便宜，没有大规模的笨相。像形式丑恶而不适坐卧的红木椅，花样难看而火气十足的铜床，工本浩大而不合实用、不堪入目的工艺品，我统称之为大规模的笨相。造出这种笨相来的人，头脑和眼光很短小，而法币很多。像暴发的富翁，无知的巨商，升官发财的军阀，即是其例。要看这种笨相，可以访问他们的家。我的旅馆价既便宜，其设备当然不丰。即使也有笨相——像家具形式的丑恶，房间布置的不妥，壁上装饰的唐突，茶壶茶杯的不可爱——都是小规模的笨相，比较起大规模的笨相来，犹似五十步比百步，终究差好些，至少不使人感觉暴殄天物，冤哉枉也。第二，我的茶房很老实，我回旅馆时不给我脱外衣，我洗面时不给我绞手巾，我吸香烟时不给我擦自来火，我叫他做事时不喊"是——是——"，这使我觉得很自由，起居生活同在家里相差不多。因为我家里也有这么老实的一位男工，我就不妨把茶房当作自己的工人。第三，住在旅馆里没有人招待，一切行动都随我意。出门不必对人鞠躬说"再会"，归来也没有人同我寒暄。早晨起来不必向人道"早安"，晚上就寝的迟早也不受别人的牵累。在朋友家作客，虽然也很安乐，总不及住旅馆的自由：看见他家里的人，总得想出几句话来说说，不好不去睬他。脸孔上即使不必硬作笑容，也总要装得和悦一点，不好对他们板脸孔。板脸孔，好像是一种凶相。但我觉得是最自在最舒服的一种表情。我自己觉得，平日独自闭居在家里的房间里读书，写作的时候，脸孔的表情总是严肃的，极难得有独笑或独乐的时光。若拿这种独居时的表情移用在交际应酬的座上，别人一定当我有所不快，在板脸孔。据我推想，这一定不止我一人如此。最漂亮的交际家，巧言令色之徒，回到自己家里，或房间里，甚或眠床里，也许要用双手揉一揉脸孔，恢复颜面上的表情筋肉的疲劳，然后板着脸孔皱着眉头回想日间的事，考虑明日的战略。可知无论何人，交际应酬中的脸孔多少总有些不自然，其表情筋肉多少总有些儿吃力。最自然，最舒服的，只有板着脸孔独居的时候。所以，我在孤癖发作的时候，觉得住旅馆比在朋友家作客更自在而舒服。

然而，旅馆究竟不是我的家，住了几天，我惦记起我杭州的别寓来。

在那里有我自己的什用器物，有我自己的书籍文具，还有我自己雇请着的工人。比较起借用旅馆的器物，对付旅馆的茶房来，究竟更为自由；比较起小住四五天就离去的旅馆生活来，究竟更为永久。因此，我睡在旅馆的眠床上似觉有些浮动；坐在旅馆的椅子上似觉有些不稳；用旅馆的毛巾似觉有些隔膜。虽然这房间的主权完全属我，我的心底里总有些儿不安。住了四五天，我就算账回家。这所谓家，就是我的别寓。

当我从南京的旅馆回到了杭州的别寓里的时候，觉得很自在。我年来在故乡的家里蛰居太久，环境看得厌了，趣味枯乏，心情郁结。就到离家乡还近而花样较多的杭州来暂作一下寓公，借此改换环境，调节趣味。趣味，在我是生活上一种重要的养料，其重要几近于面包。别人都在为了获得面包而牺牲趣味，或者为了堆积法币而抑制趣味。我现在幸而没有走上这两种行径，还可省下半只面包来换得一点趣味。

因此，这寓所犹似我的第二的家。在家里没有作客时的拘束，也没有住旅馆时的不安心。我可以吩咐我的工人做点我所喜欢的家常素菜，夜饭时同放学归来的一子一女共吃。我可以叫我的工人相帮我，把房间的布置改过一下，新一新气象。饭后睡前，我可以开一开蓄音机，听听新买来的几张蓄音片。窗前灯下，我可以在自己的书桌上读我所爱读的书，写我所愿写的稿。月底虽然也要付房钱，但价目远不似旅馆这么贵，买卖式远不及旅馆这么明显。虽然也可以合算每天房钱几角几分。但因每月一付，相隔时间太长，住房子同付房钱就好像不相联关的两件事，或者房钱仿佛白付，而房子仿佛白住。因有此种种情形，我从旅馆回到寓中觉得非常自然。

然而，寓所究竟不是我的本宅。每逢起了倦游的心情的时候，我便惦记起故乡的缘缘堂来。在那里有我故乡的环境，有我关切的亲友，有我自己的房子，有我自己的书斋，有我手种的芭蕉、樱桃和葡萄。比较起租别人的房子，使用简单的器具来，究竟更为自由；比较起暂作借住，随时可以解租的寓公生活来，究竟更为永久。我在寓中每逢要在房屋上略加装修，就觉得要考虑；每逢要在庭中种些植物，也觉得不安心，因而思念起故乡的家来。牺牲这些装修和植物，倒还在其次；能否长久享用这些设备，却是我所顾虑的。我睡在寓中的床上虽然没有感觉像旅馆里那样浮动，坐在寓中的椅上虽然没有感觉像旅馆里那样不稳，但觉得这些家具在寓中只是摆在地板上的，没有像家里的东西那样固定得同生根一般。这种倦游的心情强盛起来，我就离寓返家。这所谓家，才是我的本宅。

当我从别寓回到了本宅的时候，觉得很安心。主人回来了，芭蕉鞠躬，樱桃点头，葡萄棚上特地飘下几张叶子来表示欢迎。两个小儿女跑来牵我的衣，老仆忙着打扫房间。老妻忙着烧素菜，故乡的臭豆腐干，故乡的冬菜，故

145

乡的红米饭。窗外有故乡的天空，门外有打着石门湾土白的行人，这些行人差不多个个是认识的。还有各种负贩的叫卖声，这些叫卖声在我统统是稔熟的。我仿佛从飘摇的舟中登上了陆，如今脚踏实地了。这里是我的最自由，最永久的本宅，我的归宿之处，我的家。我从寓中回到家中，觉得非常安心。

但到了夜深人静，我躺在床上回味上述的种种感想的时候，又不安心起来。我觉得这里仍不是我的真的本宅，仍不是我的真的归宿之处，仍不是我的真的家。四大的暂时结合而形成我这身体，无始以来种种因缘相凑合而使我诞生在这地方。偶然的呢，还是非偶然的？若是偶然的，我又何恋恋于这虚幻的身和地？若是非偶然的，谁是造物主呢？我须得寻着了他，向他那里去找求我的真的本宅，真的归宿之处，真的家。这样一想，我现在是负着四大暂时结合的躯壳，而在无始以来种种因缘凑合而成的地方暂住，我是无"家"可归的。既然无"家"可归，就不妨到处为"家"。上述的屡次的不安心，都是我的妄念所生。想到那里，我很安心地睡着了。

廿五年（1936年）十月廿八日。

告缘缘堂在天之灵①

　　去年十一月中，我被暴寇所逼，和你分手，离石门湾，经杭州，到桐庐小住。后来暴寇逼杭州，我又离桐庐经衢州、常山、上饶、南昌，到萍乡小住。其间两个多月，一直不得你的消息，我非常挂念。直到今年二月九日，上海裘梦痕写信来，说新闻报上登着：石门湾缘缘堂于一月初全部被毁。噩耗传来，全家为你悼惜。我已写了一篇《还我缘缘堂》为你伸冤。（登在《文艺阵地》上）现在离开你的忌辰已有百日，想你死后，一定有知。故今晨虔具清香一支，为尔祷祝，并为此文告你在天之灵：

---

① 原刊于1938年《宇宙风》第67期。

你本来是灵的存在。中华民国十五年，我同弘一法师住在江湾永义里的租房子里，有一天我在小方纸上写许多我所喜欢而可以互相搭配的文字，团成许多小纸球，撒在释迦牟尼画像前的供桌上，拿两次阄，拿起来的都是"缘"字，就给你命名曰"缘缘堂"。当即请弘一法师给你写一横额，付九华堂装裱，挂在江湾的租屋里。这是你的灵的存在的开始，后来我迁居嘉兴，又迁居上海，你都跟着我走，犹似形影相随，至于八年之久。

　　到了中华民国廿二年春，我方才给你赋形，在我的故乡石门湾的梅纱弄里，吾家老屋的后面，建造高楼三楹，于是你就堕地。弘一法师所写的横额太小，我另请马一浮先生为你题名。马先生给你写三个大字，并在后面题一首偈：

> 能缘所缘本一体，收入鸿蒙入双眦。
>
> 画师观此悟无生，架屋安名聊寄耳。
>
> 一色一香尽中道，即此××非动止。
>
> 不妨彩笔绘虚空，妙用皆从如幻起。

第一句把我给你的无意的命名加了很有意义的解释，我很欢喜，就给你装饰：我办一块数十年陈旧的银杏板，请雕工把字镌上，制成一匾。堂成的一天，我在这匾上挂了彩球，把它高高地悬在你的中央。这时候想你一定比我更加欢喜。后来我又请弘一法师把《大智度论·十喻赞》写成一堂大屏，托杭州翰墨林装裱了，挂在你的两旁。匾额下面，挂着吴昌硕绘的老梅中堂。中堂旁边，又是弘一法师写的一副大对联，文为《华严经》句："欲为诸法本，心如工画师。"大对联的旁边又挂上我自己写的小对联，用杜诗句："暂止飞乌才数子，频来语燕定新巢。"中央间内，就用以上这几种壁饰，此外毫无别的流俗的琐碎的挂物，堂堂庄严，落落大方，与你的性格很是调和。东面间里，挂的都是沈子培的墨迹，和几幅古画。西面一间是我的书房，四壁图书之外，风琴上又挂着弘一法师写的长对，文曰："真观清净观，广大智慧观。梵音海潮音，胜彼世间音。"最近对面又挂着我自己写的小对，用王荆公之妹长安县君的诗句："草草杯盘供语笑，昏昏灯火话平生。"因为我家不装电灯（因为电灯十一时即熄，且无火表），用火油灯。我的亲戚老友常到我家闲谈平生，清茶之外，佐以小酌，直至上灯不散。油灯的暗淡和平的光度与你的建筑的亲和力，笼罩了座中人的感情，使他们十分安心，谈话娓娓不倦。故我认为油灯是与你全体很调和的。总之，我给你赋形，非常注意你全体的调和，因为你处在石门湾这个古风的小市镇中，所以我不给你穿洋装，而给你穿最合理的中国装，使你与环境调和。因为你不穿洋装，所以我不给你配置摩登家具，而亲绘图样，请木工特制最合理的中国式家具，使你内外完全调和。记得有一次，上海的友人要买一个木雕的捧茶盘的黑人送我，叫我放在室中的沙发椅子旁边。我婉言谢绝了。因为我觉得这家具与你的全身很不调和，与你的精神更相反对。你的全身简单朴素，坚固合理；这东西却怪异而轻巧。你的精神和平幸福，这东西以黑奴为俑，残忍而非人道。凡类于这东西的东西，皆不容于缘缘堂中。故你是灵肉完全调和的一件艺术品！我同你相处虽然只有五年，这五年的生活，真足够使我回想：

春天，两株重瓣桃戴了满头的花，在你的门前站岗。门内朱栏映着粉墙，蔷薇衬着绿叶。院中的秋千亭亭地站着，檐下的铁马丁东地唱着。堂前有呢喃的燕语，窗中传出弄剪刀的声音。这一片和平幸福的光景，使我永远不忘。

夏天，红了的樱桃与绿了的芭蕉在堂前作成强烈的对比，向人暗示"无常"的至理。葡萄棚上的新叶把室中的人物映成青色，添上了一层画意。垂帘外时见参差的人影，秋千架上常有和乐的笑语。门前刚才挑过一担"新市水蜜桃"，又挑来一担"桐乡醉李"。堂前喊一声"开西瓜了！"霎时间楼上楼下走出来许多兄弟姊妹。傍晚来一个客人，芭蕉荫下立刻摆起小酌的座位。这一种欢喜畅快的生活，使我永远不忘。

秋天，芭蕉的长大的叶子高出墙外，又在堂前盖造一个重叠的绿幕。葡萄棚下的梯子上不断地有孩子们爬上爬下。窗前的几上不断地供着一盆本产的葡萄。夜间明月照着高楼，楼下的水门汀好像一片湖光。四壁的秋虫齐声合奏，在枕上听来浑似管弦乐合奏。这一种安闲舒适的情况，使我永远不忘。

冬天，南向的高楼中一天到晚晒着太阳。温暖的炭炉里不断地煎着茶汤。我们全家一桌人坐在太阳里吃冬春米饭，吃到后来都要出汗解衣裳。廊下堆着许多晒干的芋头，屋角里摆着两三坛新米酒，菜橱里还有自制的臭豆腐干和霉千张。星期六的晚上，孩子们陪我写作到夜深，常在火炉里煨些年糕，洋灶上煮些鸡蛋来充冬夜的饥肠。这一种温暖安逸的趣味，使我永远不忘。

你是我安息之所。你是我的归宿之处。我正想在你的怀里度我的晚年，我准备在你的正寝里寿终。谁知你的年龄还不满六岁，忽被暴敌所摧残，使我流离失所，从此不得与你再见！

犹记得我同你相处的最后的一日：那是去年十一月六日，初冬的下午，芭蕉还未凋零，长长的叶子要同粉墙争高，把浓重的绿影送到窗前。我坐在你的西室中对着蒋坚忍著的《日本帝国主义侵略中国史》，一面阅读，一面札记，准备把日本侵华的无数事件——自明代倭寇扰海岸直至"八一三"的侵略战——一一用漫画写出，编成一册《漫画日本侵华史》，照《护生画集》的办法，以最廉价广销各地，使略识之无的中国人都能了解，使未受教育的文盲也能看懂。你的小主人们因为杭州的学校都迁移了，没有进学，大家围着窗前的方桌，共同自修几何学。你的主母等正在东室里做她们的缝纫。两点钟光景忽然两架敌机在你的顶上出现。飞得很低，声音很响，来而复去，去而复来，正在石门湾的上空兜圈子。我知道情形不好，立刻起身唤家人一齐站在你的墙下。忽然，砰的一声，你的数百块窗玻璃齐声叫喊起来。这分明是有炸弹投在石门湾的市内了，然我还是犹豫未信。我想，这小市镇内只有四五百份人家，都是无辜的平民，全无抗战的设备。即使暴敌残忍如野兽，炸弹也很费钱，料想他们是不肯滥投的，谁知没有想完，又是更响的两声，轰！轰！你的墙壁全部发抖，你的地板统统跳跃，桌子上的热水瓶和水烟筒一齐翻落地上。这两个炸弹投在你后门口数丈之外！这时候我家十人准备和你同归于尽了。因为你在周围的屋子中，个子特别高大，样子特别惹眼，是一个最大的目标。我们也想离开了你，逃到野外去。然而窗外机关枪声不断，逃出去必然是寻死的。

与其死在野外，不如与你同归于尽，所以我们大家站着不动，幸而炸弹没有光降到你身上。东市南市又继续砰砰地响了好几声。两架敌机在市空盘旋了两个钟头，方才离去。事后我们出门探看，东市烧了房屋，死了十余人，中市毁了凉棚，也死了十余人。你的后门口数丈之外，躺着五个我们的邻人。有的脑浆迸出，早已殒命。有的呻吟叫喊，伸起手来向旁人说："救救我呀！"公安局统计，这一天当时死三十二人，相继而死者共有一百余人。残生的石门湾人疾首蹙额地互相告曰："一定是乍浦登陆了，明天还要来呢，我们逃避吧！"是日傍晚，全镇逃避一空。有的背了包裹步行入乡，有的扶老携幼，搭小舟入乡。四五百份人家门户严扃，全镇顿成死市。我正求船不得，南沈浜的亲戚蒋氏兄弟一齐赶到并且放了一只船来。我们全家老幼十人就在这一天的灰色的薄暮中和你告别，匆匆入乡。大家以为暂时避乡，将来总得回来的。谁知这是我们相处的最后一日呢？

我犹记得我同你诀别的最后的一夜，那是十一月十五日，我在南沈浜乡间已经避居九天了。九天之中，敌机常常来袭。我们在乡间望见它们从海边飞来，到达石门湾市空，从容地飞下，公然地投弹。幸而全市已空，他们的炸弹全是白费的。因此，我们白天都不敢出市。到了晚上，大家出去搬取东西。这一天我同了你的小主人陈宝，黑夜出市，回家取书，同时就是和你诀别。我走进你的门，看见芭蕉孤危地矗立着，二十余扇玻璃窗紧紧地闭着，全部寂静，毫无声息。缺月从芭蕉间照着你，作凄凉之色。我跨进堂前，看见一只饿瘦了的黄狗躺在沙发椅子上，被我用电筒一照，突然起身，给我吓了一跳。我走上楼梯，楼门边转出一只饿瘦了的老黑猫来，举头向我注视，发出数声悠长而无力的叫声，并且依依在陈宝的脚边，不肯离去。我们找些冷饭残菜喂了猫狗，然后开始取书。我把我所欢喜的，最近有用的，和重价买来的书选出了两网篮，明天饬人送到乡下。为恐敌机再来投烧夷弹，毁了你的全部。但我竭力把这念头遏住，勿使它明显地浮出到意识上来，因为我不忍让你被毁，不愿和你永诀的！我装好两网篮书，已是十一点钟，肚里略有些饥。开开橱门，发现其中一包花生和半瓶玫瑰烧酒，就拿到堂西的书室里放在"草草杯盘供语笑，昏昏灯火话平生"的对联旁边的酒桌子上，两人共食。我用花生下酒，她吃花生相陪。我发见她嚼花生米的声音特别清晰而响亮，各隆，各隆，各隆，各隆……好像市心里演戏的鼓声。我的酒杯放到桌子上，也戛然地振响，满间屋子发出回声。这使我感到环境的静寂，绝对的静寂，死一般的静寂，为我生以来所未有。我拿起电筒，同陈宝二人走出门去，看一看这异常的环境，我们从东至西，从南到北，穿遍了石门湾的街道，不见半个人影，不见半点火光。但有几条饿瘦了的狗躺在巷口，见了我们，勉强站起来，发出几声凄惨的愤懑的叫声。只有下西弄里一家铺子的楼上，有老年人的咳嗽声，其声为环境的寂静所衬托，异常清楚，异常可怕。我们不久就回家。我们在你的楼上的正寝中睡了半夜。天色黎明，即起身入乡，恐怕敌机一早就来。我出门的时候，回头一看，朱栏映着粉墙，樱桃傍着芭蕉，二十多扇玻璃窗紧紧地关闭着，在黎明中反射出惨淡的光辉。我在心中对你告别："缘缘堂，再会吧！我们将来再见！"谁知这一瞬间正是我们的永诀，我们永远不得再见了！

以上我说了许多往事，似有不堪回首之悲，其实不然！我今谨告你在天之灵，我们现在虽然不得再见，但这是暂时的，将来我们必有更光荣的团聚。因为你是暴敌的侵略的炮火所摧残的，或是我们的神圣抗战的反攻的炮火所焚毁的。倘属前者，你的在天之灵一定同我一样地愤慨，翘盼着最后的胜利为你复仇，决不会悲哀失望的。倘属后者，你的在天之灵一定同我一样地毫不介意；料想你被焚时一定蓦地成空，让神圣的抗战军安然通过，替你去报仇，也决不会悲哀失望的。不但不会悲哀失望，我又觉得非常光荣。因为我们是为公理而抗战，为正义而抗战，为人道而抗战。我们为欲歼灭暴敌，以维持世界人类的和平幸福，我们不惜焦土。你做了焦土抗战的先锋，这真是何等光荣的事。最后的胜利快到了！你不久一定会复活！我们不久一定团聚，更光荣的团聚！

佛无灵

　　我家的房子——缘缘堂——于去冬吾乡失守时被敌寇的烧夷弹焚毁了。我率全眷避地萍乡，一两个月后才知道这消息。当时避居上海的同乡某君作诗以吊，内有句云："见语缘缘堂亦毁，众生浩劫佛无灵。"第二句下面注明这是我的老姑母的话。我的老姑母今年七十余岁，我出亡时苦劝她同行，未蒙允许，至今尚在失地中。五年前缘缘堂创造的时候，她老人家镇日拿了史的克在基地上代为擘划，在工场中代为巡视，三寸长的小脚常常遍染了泥污而回到老房子里来吃饭。如今看它被焚，怪不得要伤心，而叹"佛无灵"。最近她有信来（托人带到上海友人处，转寄到桂林来的），末了说：缘缘堂虽已全毁，但烟囱尚完好，矗立于瓦砾场中。此是火食不断之象，将来还可做人家。

缘缘堂烧了是"佛无灵"之故。这句话出于老姑母之口，入于某君之诗，原也平常。但我却有些反感。不是指摘某君思想不对，也不是批评老姑母话语说错，实在是慨叹一般人对于"佛"的误解，因为某君和老姑母并不信佛，他们是一般按照所谓信佛的人的心理而说这话的。

我十年前曾从弘一法师学佛，并且吃素。于是一般所谓"信佛"的人就称我为居士，引我为同志。因此我得交接不少所谓"信佛"的人。但是，十年以来，这些人我早已看厌了。有时我真懊悔自己吃素，我不屑与他们为伍。（我受先父遗传，平生不吃肉类。故我的吃素半是生理关系。我的儿女中有二人也是生理的吃素，吃下荤腥去要呕吐。但那些人以为我们同他们一样，为求利而吃素。同他们辩，他们还以为客气，真是冤枉。所以我有时懊悔自己吃素，被他们引为同志。）因为这班人多数自私自利，丑态可掬。非但完全不解佛的广大慈悲的精神，其我利自私之欲且比所谓不信佛的人深得多！他们的念佛吃素，全为求私人的幸福。好比商人拿本钱去求利。又好比敌国的俘虏背弃了他们的伙伴，向我军官跪喊"老爷饶命"，以求我军的优待一样。

信佛为求人生幸福，我绝不反对。但是，只求自己一人一家的幸福而不顾他人，我瞧他不起。得了些小便宜就津津乐道，引为佛佑（抗战期中，靠念佛而得平安逃难者，时有所闻）；受了些小损失就怨天尤人，叹"佛无灵"，真是"阿弥陀佛，罪过罪过"！他们平日都吃素、放生、念佛、诵经。但他们的吃一天素，希望比吃十天鱼肉更大的报酬。他们放一条蛇，希望活一百岁。他们念佛诵经，希望个个字变成金钱。这些人从佛堂里散出来，说的统是果报：某人长年吃素，邻家都烧光了，他家毫无损失。某人念《金刚经》，强盗洗劫时独不抢他的。某人无子，信佛后一索得男。某人痔疮发，念了"大慈大悲观世音菩萨"，痔疮立刻断根。……此外没有一句真正关于佛法的话。这完全是同佛做买卖，靠佛图利，吃佛饭。这真是所谓："群居终日，言不及义，好行小惠，难矣哉！"

我也曾吃素。但我认为吃素吃荤真是小事，无关大体。我曾作《护生画集》，劝人戒杀。但我的护生之旨是护心（其义见该书马序），不杀蚂蚁非为爱惜蚂蚁之命，乃为爱护自己的心，使勿养成残忍。顽童无端一脚踏死群蚁，此心放大起来，就可以坐了飞机拿炸弹来轰炸市区。故残忍心不可不戒。因为所惜非动物本身，故用"仁术"来掩耳盗铃，是无伤的。我所谓吃荤吃素无关大体，意思就在于此。浅见的人，执着小体，斤斤计较：洋蜡烛用兽脂做，故不宜点；猫要吃老鼠，故不宜养；没有雄鸡交合而生的蛋可以吃得。……这样地钻进牛角尖里去，真是可笑。若不顾小失大，能以爱物之心爱人，原也无妨，让他们钻进牛角尖里去碰钉子吧。但这些人往往自私自利，有我无人；又往往以此做买卖，以此图利，靠此吃饭，亵渎佛法，非常可恶。这些人简直是一种疯子，一种惹人讨嫌的人。所以我瞧他们不起，我懊悔自己吃素，我不屑与他们为伍。

真是信佛，应该理解佛陀四大皆空之义，而屏除私利；应该体会佛陀的物我一体，广大慈悲之心，而护爱群生。至少，也应知道亲亲而仁民，仁民而爱物之道。爱物并非爱惜物的本身，乃是爱人的一种基本练习。不然，就是"今恩足以及禽兽而功不至于百姓"的齐宣王。上述这些人，对物则憬憬爱惜，对人间痛痒无关，已经是循流忘源，见小失大，本末颠倒的了。再加之于自己唯利是图，这真是世间一等愚痴的人，不应该称为佛徒，应该称之为反"佛徒"。

因为这种人世间很多，所以我的老姑母看见我的房子被烧了，要说"佛无灵"的话，所以某君要把这话收入诗中。这种人大概是想我曾经吃素，曾经作《护生画集》，这是一笔大本钱！拿这笔大本钱同佛做买卖所获的利，至少应该是别人的房子都烧了而我的房子毫无损失。便宜一点，应该是我不必逃避，而敌人的炸弹会避开我；或竟是我做汉奸发财，再添造几间新房子和妻子享用，正规军都不得罪我。今我没有得到这些利益，只落得家破人亡（流亡也），全家十口飘零在五千里外，在他们看来，这笔生意大蚀其本！这个佛太不讲公平交易，安得不骂"无灵"？

我也来同佛做买卖吧。但我的生意经和他们不同：我以为我这次买卖并不蚀本，且大得其利，佛毕竟是有灵的。人生求利益，谋幸福，无非为了要活，为了"生"。但我们还要求比"生"更贵重的一种东西，就是古人所谓"所欲有甚于生者"。这东西是什么？平日难于说定，现在很容易说出，就是"不做亡国奴"，就是"抗敌救国"。与其不得这东西而生，宁愿得这东西而死。因为这东西比"生"更为贵重。现在佛已把这宗最贵重的货物交付我了。我这买卖岂非大得其利？房子不过是"生"的一种附饰而已。我得了比"生"更贵的货物，失了"生"的一件小小的附饰，有什么可惜呢？我便宜了！佛毕竟是有灵的。

叶圣陶先生的《抗战周年随笔》中说："……我在苏州的家屋至今没有毁。我并不因为它没有毁而感到欢喜。我希望它被我们游击队的枪弹打得七穿八洞，我希望它被我们正规军队的大炮轰得尸骨无存，我甚而至于希望它被逃命无从的寇军烧个干干净净。"他的房子，听说建成才两年，而且比我的好。他如此不惜，一定也获得那样比房子更贵重的东西在那里。但他并不吃素，并不作《护生画集》。即他没有下过那种本钱。佛对于没有本钱的人，也把贵重货物交付他。这样看来，对佛买卖这种本钱是没有用的。毕竟，对佛是不可做买卖的。

1938年7月24日于桂林。

中国就像棵大树

　　得《见闻》第二期，读憾庐先生所作《摧残不了的生命》，又看了文末所附照相版插图，心中有感，率尔捉笔，随记如下：

　　为的是我与憾庐先生有同样的所见，和同样的感想。春间在汉口，偶赴武昌乡间闲步，看见野中有一大树，被人斩伐过半，只剩一干。而春来干上怒抽枝条，绿叶成荫。新生的枝条长得异常的高，有几枝超过其他的大树的顶，仿佛为被斩去的"同根枝"争气复仇似的。我一看就注目，认为这是中华民国的象征。我徘徊不忍去，抚树干而盘桓。附近走来两个孩子，一男一女，似是姐弟。他们站在大树前，口说指点，似乎也在欣赏这中华民国的象征。我走近去同他们谈话。

我说："小朋友，这棵树好看吗?"

小朋友们最初有些戒严，退了一步。这也许是我的胡须的关系，小孩子看见胡须大都有些怕的。但后来他们看见我的态度仁善，恐惧之心就打消了，那姐姐回答我说："很好看!"我们就谈话起来。

我说："你家住在什么地方?"

女孩说："就在那边，湖边上。这棵树是我们村子里某人家的。"

男孩说："我们门前有一株杨树，树枝剪光了，也会生出新的来。生得很多很多，比这棵树还要多。"

女孩说："我们那个桥边有一株松树，被人烧去了半株，只剩半株，也不会死。上面很多的枝条和叶子，把桥完全遮住。夏天我们常在桥上乘凉。"

我说："你们的村庄真好，有这许多大树! 这些树真好，它们不怕灾难，受了伤害，自己能生出来补救。好比一个人被斩去了一只臂膊，能再生出一只来。"

女孩子抢着说："人斩了臂，也会生出来的?"

我说："人不行，但国就可以。譬如现在，前线上许多兵士被日本鬼子打死了，我们后方能新生出更多的兵士来，上前线去继续抵抗。前线上死一百人，后方新生出一千人，反比本来多了。日本鬼子打中国，只见中国兵越打越多。他们终于打不过我们。现在我们虽然失了许多地方，但增了许多兵士，所以失去的地方将来一定可以收回。中国就好比这一棵树，虽被斩伐了许多枝条，但是新生出来的比原有的更多，将来成为比原来更大的大树。中国将来也能成为比原来更强的强国。"

女孩子说："前回日本飞机在那江边丢炸弹，炸死了许多人。某甲的爸爸也被炸死。某甲同他的兄弟就去当兵，他们说要杀完了日本鬼子才回家来。"

男孩子也说："某乙的妈妈也被炸死。某乙有一支枪，很长的，他会打鸟。现在说不打鸟了，要拿这枪去打日本鬼子。"

我说："你们这儿有这许多人去打日本鬼子，很好。别的地方的人也是这样。大家痛恨日本鬼子，大家愿意去当兵。所以中国的兵越打越多。正同这棵树的枝叶越斩越多一样。我们中国就像棵树。我们看看，像不像?"

两个孩子看看大树，都笑起来。男孩子忽然离开他的姐姐，跑到大树边，张开两臂抱住树干，仰起头来喊了些什么话。随即跟着他的姐姐去了。

我目送两孩去远了，告别大树，回到汉口的寓中，心有所感，就提起笔来把当日所见的情景用画记录。画好之后，先拿给一个少年看。少年看了，叫道："唉！这棵树真奇怪，斩去了半株，怎么还会生出这许多枝叶来?"他再看一会，又说道："对了！因为树大的缘故。树大了，根柢深，斩去一点不要紧。他能无限地生长出来，不久又是一棵大树了。"我接着说："对啦！我们中国就同这棵树一样。"少年听了这话频频点头，表示感动。随即问我要这幅画。我说没有题字，答允他今晚题了字，明天送他。

晚上，我在这画上题了一首五言诗："大树被斩伐，生机并不息。春来怒抽条，气象何蓬勃！"又另描了同样的一幅，当晚送给这位少年。过了几天我去看这少年，他已将画纳在镜框中，挂在书室里，并且告诉我说：他每逢在报上看到我军失利的消息，失地中日军虐杀同胞的消息，愤懑得透不过气来。这时候他就去看这幅画，可以得到一种慰藉和勉励。所以他很爱护这画，并且感谢我。我听了这番话，感动甚深。我赞佩这少年的天真的爱国热忱。他正是大树的一根新枝条。

因有这段故事，我读了《见闻》所载《摧残不了的生命》，看了文末的附图，颇思立刻飞到广州去，拉住了憾庐先生，对他说："我也有和你同样的所见和所感呢！"但没有实行，只是写了这些感想寄给他。他把他所见的大树当作几方面的象征：（一）中华民族的生命，是永远摧残不了的。无论现在如何危难，他定要继续生存。（二）现在我们的民族的确已经在"自力更生"中了，而此后要更繁荣更有力地生活下去。（三）宇宙风社不受威胁，虽经广州的狂炸，依旧继续出刊。（四）《见闻》于狂炸中筹办创刊，正如新萌的芽儿。第一、二两点，我所见与他全同。第三、四两点，自然使我赞佩。但我所赞佩的不止于此。抗战中一切不屈不挠的精神的表现，例如粤汉路屡炸屡修，迅速通车，各种机关屡炸屡迁，照常办公，无数同胞家破人亡（出亡也），绝不消沉，越加努力抗日，都是我所赞佩的，都是大树所象征的。这大树真可说是今日的中国的全体的象征。

1938 年。

"艺术的逃难"

　　那年日本军在广西南宁登陆，向北攻陷宾阳。浙江大学正在宾阳附近的宜山，学生、教师扶老携幼，仓皇向贵州逃命。道路崎岖，交通阻塞。大家吃尽千辛万苦，才到得安全地带。我正是其中之一人，带了从一岁到七十二岁的眷属十人，和行李十余件，好容易来到遵义。看见比我早到的浙大同事某君，他幽默地说："听说你这次逃难很是艺术的？"我不禁失笑，因为我这次逃难，的确受艺术的帮忙。

　　那时我还在浙江大学任教。因为宜山每天两次警报，不胜奔命之苦。我把老弱者六人送到百余里外的思恩县的学生家里。自己和十六岁以上的儿女四人（三女一男）住在宜山；我是为了教课，儿女是为了读书。敌兵在南宁登陆之后，宜山的人，大家忧心悄悄，计划逃难。然因学校当局未有决议，大家莫知所适从。我每天逃两个警报，吃一顿酒，迁延度日。现在回想，真是糊里糊涂！

不久宾阳沦陷了！宜山空气极度紧张。汽车大敲竹杠。"大难临头各自飞"，不管学校如何，大家各自设法向贵州逃。我家分两处，呼应不灵，如之奈何！幸有一位朋友，代我及其他两家合雇一辆汽车，竹杠敲得不重，一千二百元（一九三九年的）送到都匀。言定经过离此九十里的德胜站时停一停，让我的老幼六人上车。一方面打长途电话到思恩，叫他们整理行物，在德胜站等候我们的汽车。岂知到了开车的那一天，大家一早来到约定地点，而汽车杳无影踪。等到上午，车还是不来，却挂了一个预报球！行李尽在路旁，逃也不好，不逃也不好，大家捏两把汗。幸而警报不来；但汽车也不来！直到下午，始知被骗。丢了定洋一百块钱，站了一天公路。这一天真是狼狈之极！

找旅馆住了一夜。第二日我决定办法：叫儿女四人分别携带轻便行李，各自去找车子，以都匀为目的地。谁先到目的地，就在车站及邮局门口贴个字条。说明住处，以便相会。这样，化整为零，较为轻便了。我惦记着在德胜站路旁候我汽车的老弱六人，想找短路汽车先到德胜。找了一个朝晨，找不到。却来了一个警报，我便向德胜的公路上走。息下脚来，已经走了数里。我向来车招手，他们都不睬，管自开过。一看表还只八点钟，我想，求人不如求己，我决定徒步四十五里到怀远站，然后再找车子到德胜。拔脚迈进，果然走到了怀远。

怀远我曾到过，是很热闹的一个镇。但这一天很奇怪：我走上长街，店门都关，不见人影。正在纳罕，猛忆"岂非在警据中？"连忙逃出长街，一口气走了三四里路，看见公路旁村下有人卖团子，方才息足。一问，才知道是紧急警报！看表，是下午一点钟，同问吃团子的两个兵，知道此去德胜还有四十里，他们是要步行赴德胜的。我打听得汽车滑竿都无希望，便再下一个决心，继续步行。我吃了一碗团子，用毛巾填在一只鞋子底里，又脱下头上的毛线帽子来，填在另一只鞋子底里。一个兵送我一根绳，我用绳将鞋和脚扎住，使不脱落。然后跟了这两个兵，再上长途。我准拟在这一天走九十里路，打破我平生走路的记录。路上和两个兵闲谈，知道前面某处常有盗匪路劫。我身上有钞票八百余元（一九三九年的），担起心来。我把八百元整数票子从袋里摸出，用破纸裹好，握在手里。倘遇盗匪，可把钞票抛在草里，过后再回来找。幸而不曾遇见盗匪，天黑，居然走到了德胜。到区公所一问，知道我家老弱六人昨天一早就到，住在某伙铺里。我找到伙铺，相见互相惊讶，谈话不尽。此时我两足酸痛，动弹不得。伙铺老板原是熟识的，为我沽酒煮菜。我坐在被窝里，一边饮酒，一边谈话，感到特殊的愉快，颠沛流离的生活，也有其温暖的一面。

次日得官山友人电话，知道我的儿女四人中，三人已于当日找到车子出发。啊！原来在我步行九十里的途中，他们三人就在我身旁驶过的车子里，早已疾行先长者而去了！我这里有七十二岁的老岳母、我的老姐、老妻、十一岁的男孩、十岁的女孩，以及一岁多的婴孩，外加十余件行李。这些人物，如何运往贵州呢？到车站问问，失望而回。又次日，又到车站，见一车中有浙大学生。蒙他们帮忙，将我老姐及一男孩带走，但不能带行李。于是留在德胜的，还有老小五人，和行李十余件，这五人不能再行分班，找车愈加困难。而战事日益逼近，警报每天两次。我的头发便是在这种时光不知不觉地变白的！

在德胜空住了数天，决定坐滑竿，雇挑夫，到河池，再觅汽车。这早上来了十二名广西苦力。四乘滑竿，四个脚夫。把人连物，一齐扛走，迤逦而西，晓行夜宿，三天才到河池。这三天的生活竟是古风。旧小说中所写的关山行旅之状，如今更能理解了。

河池地方很繁盛，旅馆也很漂亮。我赁居某旅馆，楼上一室，镜台、痰盂、茶具、蚊帐，一切俱全，竟像杭州的二三等旅馆。老板是读书人，知道我的"大名"，招待得很客气；但问起向贵州的汽车，他只有摇头。我起个大早，破晓就到车站去找车子，但见仓皇、拥挤、混乱之状，不可向迩、废然而返。第二天又破晓到车站，我手里拿了一大束钞票而找司机。有的看看我手中的钞票，抱歉地说，人满了，搭不上了！有的问我有几个人，我说人三个，行李八件（其实是五个，十二件），他好像吓了一跳，掉头就走。如是者凡数次。我颓唐地回旅馆。站在窗前怅望，南国的冬日，骄阳艳艳，青天漫漫，而予怀渺渺，后事茫茫，这一群老幼，流落道旁，如何是好呢？传闻敌将先攻河池，包围宜山、柳州。又传闻河池日内将有大空袭。这晴明的日子，正是标准的空袭天气。一有警报，我们这位七十二岁的老太太怎样逃呢？万一突然打到河池来，那更不堪设想了！

这样提心吊胆地过了好几天，前途似乎已经绝望，旅馆老板安慰我说："先生还是暂时不走，在这里休息一下，等时局稍定再说。"我说："你真是一片好心！但是，万一打到这里来，我人生地疏，如之奈何？"他说："我有家在山中，可请先生同去避乱。"我说："你真是义士！我多蒙照拂了。但流亡之人，何以为报呢？"他说："若得先生到乡，趁避乱之暇，写些书画，给我子孙世代宝藏，我便受赐不浅了！"在这样交谈之下，我们便成了朋友。我心中已有七八分跟老板入山；二三分还想觅车向都匀走。

次日，老板拿出一副大红闪金纸对联来，要我写字。说："老父今年七十，蛰居山中。做儿女的糊口四方，不能奉觞上寿，欲乞名家写联一副，托人带去，聊表寸草之心，可使蓬荜生辉！"我满口答允，就到楼下客厅中写对。墨早磨好，浓淡恰到好处，我提笔就写。普通庆寿的八言联，文句也不值得记述了。那闪金纸是不吸水的，墨渖堆积，历久不干。门外马路边太阳光作金黄色。他的管账提议：抬出门外去晒，老板反对，说怕被人踏损了，管账说："我坐着看管！"就由茶房帮同，把墨迹淋漓的一副大红对联抬了出去。我写字时，暂时忘怀了逃难。这时候又带了一颗沉重的心，上楼去休息，岂知一线生机，就在这里发现。

老板亲自上楼来，说有一位赵先生要见我。我想下楼，一位穿皮上衣的壮年男子已经走上楼来了。他握住我的手，连称"久仰""难得"。我听他的口音，是无锡、常州之类。乡音入耳，分外可亲。就请他在楼上客间里坐谈。他是此地汽车加油站的站长，来的不久。适才路过旅馆，看见门口晒着红对子，是我写的，而墨迹未干，料想我一定在旅馆内，便来访问。我向他诉说了来由和苦衷，他慷慨地说："我有办法。也是先生运道太好：明天正有一辆运汽油的车子开都匀。尚有空地，让先生运走。"我说："那么你自己呢？"他说："我另有办法。况且战事尚未十分逼近，我是要到最后才走的。"讲完了，他起身就走，说晚上再同司机来看我。

我好比暗中忽见灯光，惊喜之下，几乎雀跃起来。但一刹那间，我又消沉，颓唐，以至于绝望。因为过去种种忧患伤害了我的神经，使它由过敏而变成衰弱。我对人事都怀疑。这江苏人与我萍水相逢，他的话岂可尽信？况在找车难于上青天的今日，我岂敢盼望这种侥幸！他的话多分是不负责的。我没有把这话告诉我的家人，免得她们空欢喜。

岂知这天晚上，赵君果然带了司机来了。问明人数，点明行李，叮嘱司机。之后，他拿出一卷纸来，要我作画。我就在灯光之下，替他画了一幅墨画。这件事我很乐愿，同时又很苦痛。赵君慷慨乐助，救我一家出险，我写一幅画送他留个永念，是很乐愿的。但在作画这件事说，我一向欢喜自动，兴到落笔，毫无外力强迫，为作画而作画，这才是艺术品，如果为了敷衍应酬，为了交换条件，为了某种目的或作用而作画，我的手就不自然，觉得画出来的笔笔没有意味，我这个人也毫无意味。但在那时，也只得勉强破例，在昏昏灯火下用恶劣的纸笔作画。

次日一早，赵君亲来送行，汽车顺利地开走。下午，我们老幼五人及行李十二件，安全地到达了目的地都匀。汽车站壁上贴着我的老姐及儿女们的住址，他们都已先到了。全家十一人，在离散了十六天之后，在安全地带重行团聚，老幼俱各无恙。我们找到了他们的时候，大家笑得合不拢嘴来。正是"人世难逢开口笑，茅台须饮两千杯！"这晚上十一人在中华饭店聚餐，我饮茅台酒大醉。

一个普通平民，要在战事紧张的区域内舒泰地运出老幼五人和十余件行李，确是难得的事。我全靠一副对联的因缘，居然得到了这权利。当时朋友们夸饰为美谈。这就是某君所谓"艺术的逃难"。但当时那副对联倘不拿出去晒，赵君无由和我相见，我就无法得到这权利，我这逃难就得另换一种情状。也许更好，但也许更坏；死在铁蹄下，转乎沟壑……都是可能的事。人真是可怜的动物！极微细的一个"缘"，例如晒对联，可以左右你的命运，操纵你的生死，而这些"缘"都是天造地设，全非人力所能把握的。寒山子诗云："碌碌群汉子，万事由天公。"人生的最高境界，只有宗教。所以我的逃难，与其说是"艺术的"，不如说是"宗教的"。人的一切生活，都可说是"宗教的"。

赵君名正民，最近还和我通信。

1946年4月29日于重庆。

胜利还乡记

避寇西窜，流亡十年，终于有一天，我的脚重新踏到了上海的土地。我从京沪火车上跨到月台上的时候，第一脚特别踏得重些，好比同它握手。北站除了电车轨道照旧之外，其余的都已不可复识了。

我率眷投奔朋友家。预先函洽的一个楼面，空着等我们去息足。息了几天，我们就搭沪杭火车，在长安站下车，坐小舟到石门湾去探望故里。

我的故乡石门湾，位在运河旁边。运河北通嘉兴，南达杭州，在这里打一个弯，因此地名石门湾。石门湾属于石门县（即崇德县），其繁盛却在县城之上。抗战前，这地方船舶麇集，商贾辐辏。每日上午，你如果想通过最热闹的寺弄，必须与人摩肩接踵，又难免被人踏脱鞋子。因此石门湾有一句专用的俗语，形容拥挤，叫做"同寺弄里一样"。

当我的小舟停泊到石门湾南皋桥塌的埠头上的时候，我举头一望，疑心是弄错了地方。因为这全非石门湾，竟是另一地方。只除运河的湾没有变直，其他一切都改样了。这是我呱呱坠地的地方。但我十年归来，第一脚踏上故乡的土地的时候，感觉并不比上海亲切。因为十年以来，它不断地装着旧时的姿态而入我的客梦；而如今我所踏到的，并不是客梦中所惯见的故乡！

我沿着运河走向寺弄。沿路都是草棚、废墟，以及许多不相识的人。他们都用惊奇的眼光对我看，我觉得自己好像伊尔文 *Sketch Book* 中的 *Rip Van Winkle*[①]。我感情兴奋，旁若无人地与家人谈话："这里就是杨家米店。""这里大约是殷家弄了！""喏喏喏，那石埠头还存在！"旁边不相识的人，看见我们这一群陌生客操着道地的石门湾土白谈话，更显得惊奇起来。其中有几位父老，向我们注视了一

[①] 伊尔文，通译华盛顿·欧文（1783—1859），美国作家，*The Sketch Book* 即欧文的作品集《见闻札记》，"Rip Van Winkle"为其中一篇短篇小说，亦即该篇小说主人公名，译为瑞普·凡·温克尔。

会，和旁人切切私语，于是注目我们的更多，我从耳朵背后隐约听见低低的话声："丰子恺。""丰子恺回来了。"但我走到了寺弄口，竟无一个认识的人。因为这些人在十年前大都是孩子，或少年，现在都已变成成人，代替了他们的父亲。我若要认识他们，只有问他的父亲叫什么了。"儿童相见不相识，笑问客从何处来"，这两句诗从前是读读而已，想不到自己会做诗中的主角！

　　"石门湾的南京路"的寺弄，也尽是草棚。"石门湾的市中心"的接待寺，已经全部不见。只凭寺前的几块石板，可以追忆昔日的繁荣。在寺前，忽然有人招呼我。一看，一位白须老翁，我认识是张兰墀。他是当地一大米店的老主人，在我的缘缘堂建筑之先，他也造一所房子。如今米店早已化为乌有，房子侥幸没有被烧掉。他老人家抗战至今，十年来并未离开故乡，只是在附近东躲西避，苟全性命。石门湾是游击区，房屋十分之八九变成焦土，住民大半流离死亡。像这老人，能保留一所劫余的房屋和一掬健康的白胡须，而与我重相见面，实在难得之至，这可说是战后的石门湾的骄子了。这石门湾的骄子定要拉我去吃夜饭。我尚未凭吊缘缘堂废墟，约他次日再见。

　　从寺弄转进下西弄，也尽是茅屋或废墟，但凭方向与距离，走到了我家染坊店旁的木场桥。这原来是石桥。我生长在桥边，每块石板的形状和色彩我都熟悉。但如今已变成平平的木桥，上有木栏，好像公路上的小桥。桥堍一片荒草地，染坊店与缘缘堂不知去向了。根据河边石岸上一块突出的石头，我确定了染坊店墙界。这石岸上原来筑着晒布用的很高的木架子。染坊司务站在这块突出的石头上，用长竹竿把蓝布挑到架上去晒的。我做儿童时，这块石头被我们儿童视为危险地带。只有隔壁豆腐店里的王囡囡，身体好，胆量大，敢站到这石头上，而且做个"金鸡独立"。我是不敢站上去的。有一次我央另一个人拉住了手，上去站了一会，下临河水，胆战心惊。终被店里的人看见，叫我回来，并且告诉母亲，母亲警戒我以后不准再站。如今百事皆非，而这块石头依然如故。这一带地方的盛衰沧桑，染坊店、缘缘堂的兴废，以及我童年时的事，这块石头一一亲眼看到，详细知道。我很想请它讲一点给我听。但它默默不语，管自突出在石岸上。只有一排墙脚石，肯指示我缘缘堂所在之处。我由墙脚石按距离推测，在荒草地上约略认定了我的书斋的地址。一株野生树木，立在我的书桌的地方，比我的身体高到一倍。许多荆棘，生在书斋的窗的地方。这里曾有十扇长窗，四十块玻璃。石门湾沦陷前几日，日本兵在金山卫登陆，用两架飞机来炸十八里外的石门县，这十扇玻璃窗都震怒，发出愤怒的叫声。接着就来炸石门湾，一个炸弹落在书斋窗外五丈的地方，这些窗曾大声咆哮。我躲在窗内，幸免于难。这些回忆，在这时候一一浮出脑际。我再请墙脚石引导，探寻我们的灶间的地址。约略找到了，但见一片荒地，草长过膝。抗战后一年，民国二十七年，我在桂林得到我的老姑母的信，说缘缘堂虽毁，烟囱还是屹立。这是"烟火不断"之象。老人对后辈的慰藉与祝福，使我诚心感动。如今烟囱已不知去向。而我家的烟火的确不断。我带了六个孩子（二男四女）逃出去，带回来时变了六个成人，又添了一个八岁的抗战儿子。倘使缘缘堂存在，它当日放出六个小的，今朝收进六个大的，又加一个小的作利息，这笔生意着实不错！它应该大开正门，欢迎我们这一群人的归来。可惜它和老姑母一样作古，如今只剩一片蔓草荒烟，只能招待我们站立片时而已！大儿华瞻，想找一点缘缘堂的遗物，带到北平去作纪念。寻来寻去，只有蔓草荒烟，遗物了不可得。后来用器物发掘草地，在尺来深的地方，掘得了一块焦木头。依地点推测，大约是门槛或堂窗的遗骸。他髫龄的时候，曾同它们共数晨夕。如今他收拾它们的残骸，藏在火柴匣里，带它们到北平去，也算是不忘旧交，对得起故人了。这一晚我们到一个同族人家去投宿。他们买了无量的酒来慰劳我，我痛饮数十盅，酣然入睡，梦也

不做一个。次日就离开这销魂的地方，到杭州去觅我的新
巢了。

1947年5月10日于杭州作。

随笔漫画

我企慕这种孩子们的生活的天真，艳羡这种孩子们的世界的广大。

学画回忆

假如有人探寻我儿时的事，为我作传记或讣启，可以为我说得极漂亮："七岁入塾即擅长丹青。课余常摹古人笔意，写人物图，以为游戏。同塾年长诸生竞欲乞得其作品而珍藏之，甚至争夺殴打。师闻其事，命出画观之，不信，谓之曰：'汝其能画，立为我作至圣先师孔子像！不成，当受罚。'某从容研墨抻纸，挥毫立就，神颖哗然。师弃戒尺于地，叹曰：'吾无以教汝矣！'遂装裱其画，悬诸塾中，命诸生朝夕礼拜焉。于是亲友竞乞其画像，所作无不惟妙惟肖。……"百年后的人读了这段记载，便会赞叹道："七岁就有作品，真是天才！神童！"

朋友来信要我写些关于儿时学画的回忆的话。我就根据上面的一段话写些罢。上面的话都是事实，不过欠详明些，宜解说之如下：我七八岁时——到底是七岁或八岁，现在记不清楚了。但都可说，说得小了可说是照外国算法的；说得大了可说是照中国算法的——入私塾，先读《三字经》，后来又读《千家诗》。那《千家诗》每页的上端有一幅木板画，记得第一幅画的是一只大象，和一个人，在那里耕田，后来我知道这是《二十四孝》中的大舜耕田图。但当时并不知道画的是什么意思，只觉得看上端的画，比读下面的"云淡风轻近午天"有趣。我家开着染坊店，我向染匠司务讨些颜料来，溶化在小盅子里，用笔蘸了为书上的单色画着色，涂一只红象，一个蓝人，一片紫地，自以为得意。但那书的纸不是道林纸，而是很薄的中国纸，颜色涂在上面的纸上，渗透了下面好几层。我的颜料笔又吸得饱，透得更深。等得着好色，翻开书来一看，下面七八页上，都有一只红象、一个蓝人和一片紫地，好像用三色版套印的。

第二天上书的时候，父亲——就是我的先生——就骂，几乎要打手心；被母亲不知大姐劝住了，终于没有打。我哭了一顿，把颜料盅子藏在扶梯底下了。晚上，等到父亲上鸦片馆去了，我再向扶梯底下取出颜料盅子，叫红英——管我的女仆——到店堂里去偷几张煤头纸来，就在扶梯底下的半桌上的洋油灯底下描色彩画。画一个红人，一只蓝狗，一间紫房子……这些画的最初的鉴赏者，便是红英。后来母亲和诸姐也看到了，她们都说"好"；可是我没有给父亲看，防恐挨骂。

后来，我在父亲晒书的时候，看到了一部人物画谱，里面花样很多，便偷偷地取出了，藏在自己的抽斗里。晚上，又偷偷地拿到扶梯底下的半桌上去给红英看。这回不想再在书上着色；却想照样描几幅看，但是一幅也描不像。亏得红英想工①好，教我向习字簿上撕下一张纸来，印着了描。记得最初印着描的是人物谱上的柳柳州像。当时第一次印描没有经验，笔上墨水吸得太饱，习字簿上的纸又太薄，结果描是描成了，但原本上渗透了墨水，弄得很龌龊，曾经受大姐的责骂。这本书至今还存在，我晒旧书时候还翻出这个弄龌龊了的柳柳州像来看：穿着很长的袍子，两臂高高地向左右伸起，仰起头作大笑状。但周身都是斑斓的墨点，便是我当日印上去的。回思我当日首先就印这幅画的原因，大概是为了他高举两臂作大笑状，好像父亲打呵欠的模样，所以特别感兴味吧。后来，我的"印画"的技术渐渐进步。大约十二三岁的时候（父亲已经弃世，我

---

① 想工，吴方言，意即办法。

在另一私塾读书了），我已把这本人物谱统统印全。所用的纸是雪白的连史纸，而且所印的画都着色。着色所用的颜料仍旧是染坊里的，但不复用原色。我自己会配出各种间色来，在画上施以复杂华丽的色彩，同塾的学生看了都很欢喜，大家说"比原本上的好看得多！"而且大家问我讨画，拿去贴在灶间里，当作灶君菩萨；或者贴在床前，当作新年里买的"花纸儿"。

至于学生夺画相殴打，先生请我画至圣先师孔子像，悬诸塾中，命诸生晨夕礼拜，也都是确凿的事实。你听我说罢：那时候我们在私塾中弄画，同在现在社会里抽鸦片一样是不敢公开的。我好像是一个土贩或私售灯吸的，同学们好像是上了瘾的鸦片鬼，大家在暗头里作勾当。先生在案桌上的时候，我们的画具和画都藏好，大家一摇一摆地读《幼学》书。等到下午，照例一个大块头来拖先生出去吃茶了，我们便拿出来弄画。我先一幅幅地印出来，然后一幅幅地涂颜料。同学们便像看病时向医生挂号一样，依次认定自己所欲得的画。得画的人对我有一种报酬，但不是稿费或润笔，而是种种玩意儿：金铃子一对连纸匣；挖空老菱壳一只，可以加上绳子去当作陀螺抽的；"云"字顺治铜钱一枚（有的顺治铜钱，后面有一个字，字共二十种。我们儿时听大人说，积得了一套，用绳编成宝剑形状，挂在床上，夜间一切鬼都不敢走近来。但其中，好像是"云"字，最不易得；往往为缺少此一字而编不成宝剑。故这种铜钱在当时的我们之间是一种贵重的赠品），或者铜管子（就是当时炮船上用的后膛枪子弹的壳）一个。有一次，两个同学为交换一张画，意见冲突，相打起来，被先生知道了。先生审问之下，知道相打的原因是为画；追求画的来源，知道是我所作，便厉声喊我走过去。我料想是吃戒尺了，低着头不睬，但觉得手心里火热了。终于先生走过来了。我已吓得魂不附体；但他走到我的座位旁边，并不拉我的手，却问我"这画是不是你画的？"我回答一个"是"字，预备吃戒尺了。他把我的身体拉开。抽开我的抽斗，搜查起来。我的画谱、颜料，以及印好而未着色的画，就都被他搜出。我以为这些东西全被没收了，结果不然，他但把画谱拿了去，坐在自己的椅子上一张一张地观赏起来。过了好一会，先生旋转头来叱一声"读！"大家朗朗地读"混沌初开，乾坤始奠……"这件案子便停顿了。我偷眼看先生，见他把画谱一张一张地翻下去，一直翻到底。放假①的时候我挟了书包走到他面前去作一个揖，他换了一种与前不同的语气对我说："这书明天给你。"

---

① 放假，指放学。

明天早上我到塾，先生翻出画谱中的孔子像，对我说："你能照这样子画一个大的么？"我没有防到先生也会要我画起画来，有些"受宠若惊"的感觉，支吾地回答说"能"。其实我向来只是"印"，不能"放大"。这个"能"字是被先生的威严吓出来的。说出之后心头发一阵闷，好像一块大石头吞在肚里了。先生继续说："我去买张纸来，你给我放大了画一张，也要着色彩的。"我只得说"好"。同学们看见先生要我画画了，大家装出惊奇和羡慕的脸色，对着我看。我却带着一肚皮心事，直到放假。

　　放假时我挟了书包和先生交给我的一张纸回家，便去向大姐商量。大姐教我，用一张画方格子的纸，套在画谱的书页中间。画谱纸很薄，孔子像就有经纬格子范围着了。大姐又拿缝纫用的尺和粉线袋给我在先生交给我的大纸上弹了大方格子，然后向镜箱中取出她画眉毛用的柳条枝来，烧一烧焦，教我依方格子放大的画法。那时候我们家里还没有铅笔和三角板、米突尺①，我现在回想大姐所教我的画法，其聪明实在值得佩服。我依照她的指导，竟用柳条枝把一个孔子像的底稿描成了；同画谱上的完全一样，不过

---

① 米突尺，又称"米达尺""密达尺""迈当尺"，即米制（公制或国际单位制）的刻度尺，米突为英语meter的音译。

大得多，同我自己的身体差不多大。我伴着了热烈的兴味，用毛笔勾出线条；又用大盆子调了多量的颜料，着上色彩，一个鲜明华丽而伟大的孔子像就出现在纸上。店里的伙计，作坊里的司务，看见了这幅孔子像，大家说："出色！"还有几个老妈子，尤加热烈地称赞我的"聪明"和画的"齐整"，并且说："将来哥儿给我画个容像，死了挂在灵前，也沾些风光。"我在许多伙计、司务和老妈子的盛称声中，俨然成了一个小画家。但听到老妈子要托我画容像，心中却有些儿着慌。我原来只会"依样画葫芦"的！全靠那格子放大的枪花①，把书上的小画改成为我的"大作"；又全靠那颜色的文饰，使书上的线描一变而为我的"丹青"。格子放大是大姐教我的，颜料是染匠司务给我的，归到我自己名下的工作，仍旧只有"依样画葫芦"。如今老妈子要我画容像，说"不会画"有伤体面；说"会画"将来如何兑现？且置之不答，先把画缴给先生去。先生看了点头。次日画就粘贴在堂名匾下的板壁上。学生们每天早上到塾，两手捧着书包向它拜一下；晚上散学，再向它拜一下。我也如此。

自从我的"大作"在塾中的堂前发表以后，同学们就

---

① 枪花，吴方言，意即花招，手段。

给我一个绰号"画家"。每天来访先生的那个大块头看了画，点点头对先生说："可以。"这时候学校初兴，先生忽然要把我们的私塾大加改良了。他买一架风琴来，自己先练习几天，然后教我们唱"男儿第一志气高，年纪不妨小"的歌。又请一个朋友来教我们学体操。我们都很高兴。有一天，先生呼我走过去，拿出一本书和一大块黄布来，和蔼地对我说："你给我在黄布上画一条龙，"又翻开书来，继续说："照这条龙一样。"原来这是体操时用的国旗。我接受了这命令，只得又去向大姐商量；再用老法子把龙放大，然后描线，涂色。但这回的颜料不是从染坊店里拿来，是由先生买来的铅粉、牛皮胶和红、黄、蓝各种颜色。我把牛皮胶煮溶了，加入铅粉，调制各种不透明的颜料，涂到黄布上，同西洋中世纪的 fresco① 画法相似。龙旗画成了，就被高高地张在竹竿上，引导学生通过市镇，到野外去体操。此后我的"画家"名誉更高；而老妈子的画像也催促得更紧了。

我再向大姐商量。她说二姐丈会画肖像，叫我到他家去"偷关子"。我到二姐丈家果然看见他们有种种特别的画

---

① fresco，意即壁画。

具：玻璃九宫格、擦笔、conté①、米突尺、三角板。我向二姐丈请教了些画法，借了些画具，又借了一包照片来，作为练习的范本。因为那时我们家乡地方没有照相馆，我家里没有可用玻璃格子放大的四寸半身照片。回家以后，我每天一放学就埋头在擦笔照相画中。这是为了老妈子的要求而"抱佛脚"的；可是她没有照相，只有一个人。我的玻璃格子不能罩到她的脸孔上去，没有办法给她画像。天下事有会巧妙地解决的。大姐在我借来的一包样本中选出某老妇人的一张照片来，说："把这个人的下巴改尖些，就活像我们的老妈子了。"我依计而行，果然画了一幅八九分像的肖像画，外加在擦笔上面涂以漂亮的淡彩：粉红色的肌肉，翠蓝色的上衣，花带镶边；耳朵上外加挂上一双金黄色的珠耳环。老妈子看见珠耳环，心花盛开，即使完全不像，也说"像"了。自此以后，亲戚家死了人我就有差使——画容像。活着的亲戚也拿一张小照来叫我放放大，挂在厢房里；预备将来可现成地移挂在灵前。我十七岁出外求学，年假、暑假回家时还常常接受这种兼务生意。直到我十九岁时，从先生学了木炭写生画，读了美术的论著，方才把此业抛弃。到现在，在故乡的几位老伯伯和老太太

---

① conté，一种蜡笔。

之间，我的擦笔肖像画家的名誉依旧健在；不过他们大都以为我近来"不肯"画了，不再来请教我。前年还有一位老太太把她的新死了的丈夫的四寸照片寄到我上海的寓所来，哀怨地托我写照。此道我久已生疏，早已没有画具，况且又没有时间和兴味。但无法对她说明，就把照片送到霞飞路的某照相馆里，托他们放大为廿四寸的，寄了去。后遂无问津者。

假如我早得学木炭写生画，早得受美术论著的指导，我的学画不会走这条崎岖的小径。唉，可笑的回忆，可耻的回忆，写在这里，给学画的人作借镜吧。

1934年2月作。

谈自己的画

　　把日常生活的感兴用"漫画"描写出来——换言之，把日常所见的可惊可喜可悲可哂之相，就用写字的毛笔草草地图写出来——听人拿去印刷了给大家看，这事在我约有了十年的历史，仿佛是一种习惯了。中国人崇尚"不求人知"，西洋人也有"What's in your heart let no one know"①的话。我正同他们相反，专门画给人家看，自己却从未仔细回顾已发表的自己的画。偶然在别人处看到自己的画册，或者在报纸、杂志中翻到自己的插画，也好比在路旁的商店的样子窗中的大镜子里照见自己的面影，往往

---

① 意即别让人知道你心里的事。

一瞥就走，不愿意细看。这是什么心理？很难自知。勉强平心静气观察自己，大概是为了太稔熟，太关切，表面上反而变疏远了的缘故。中国人见了朋友或相识者都打招呼，表示互相亲爱；但见了自己的妻子，反而板起脸不搭白①，表示疏远的样子。我的不欢喜仔细回顾自己的画，大约也是出于这种奇妙的心理的吧？

但现在杂志编者定要我写这个题目，我非仔细回顾自己的画不可了。我找集从前出版的《子恺漫画》《子恺画集》等书来从头翻阅，又把近年来在各杂志和报纸上发表的画的留稿来逐幅细看，想看出自己的画的性状来，作为本文的材料。结果大失所望。我全然没有看到关于画的事，只是因了这一次的检阅，而把自己过去十年间的生活与心情切实地回味了一遍，心中起了一种不可名状的感慨，竟把画的一事完全忘却了。

因此我终于不能谈自己的画。一定要谈，我只能在这里谈谈自己的生活和心情的一面，拿来代替谈自己的画吧。

约十年前，我家住在上海。住的地方迁了好几处，但总无非是一楼一底的"弄堂房子"，至多添了一间过街楼。现在回想起来，上海这地方真是十分奇妙：看似那么忙乱

---

① 搭白，吴方言，意即搭腔。

的，住在那里却非常安闲，家庭这小天地可与忙乱的环境判然地隔离，而安闲地独立。我们住在乡间，邻人总是熟识的，有的比亲戚更亲切；白天门总是开着的，不断地有人进进出出；有了些事总是大家传说的，风俗习惯总是大家共通的。住在上海完全不然。邻人大都不相识，门镇日严扃着，别家死了人与你全不相干。故住在乡间看似安闲，其实非常忙乱；反之，住在上海看似忙乱，其实非常安闲。关了前门，锁了后门，便成一个自由独立的小天地。在这里面由你选取甚样风俗习惯的生活：宁波人尽管度宁波式的生活，广东人尽管度广东式的生活。我们是浙江石门湾人，住在上海也只管说石门湾的土白，吃石门湾式的饭菜，度石门湾式的生活；却与石门湾相去数百里。现在回想，这真是一种奇妙的生活！

除了出门以外，在家里所见的只是这个石门湾式的小天地。（以下所谈的，都是我曾经画过的。）有时开出后门去换掉些头发；有时从过街楼上挂下一只篮去买两只粽子；有时从阳台眺望屋瓦间浮出来的纸鸢，知道春已来到上海。但在我们这个小天地中，看不出春的来到。有时几乎天天同样，辨不出今日和昨日。有时连日没有一个客人上门，我妻每天的公事，就是傍晚时光抱了瞻瞻，携了阿宝，到弄堂门口去等我回家。两岁的瞻瞻坐在他母亲的臂上，口里唱着"爸爸还不来！爸爸还不来！"六岁的阿宝拉住了她娘的衣裾，在下面同他和唱。瞻瞻在马路上扰攘往来的人群中认到了带着一叠书和一包食物回家的我，突然欢呼舞蹈起来，几乎使他母亲的手臂撑不住。阿宝陪着他在下面跳舞，也几乎撕破了她母亲衣裾。他们的母亲笑着喝骂他们。当这时候，我觉得自己立刻化身为二人。其一人做了他们的父亲或丈夫，体验着小别重逢时的家庭团圞之乐；另一个人呢，远远地站了出来，从旁观察这一幕悲欢离合的活剧，看到一种可喜又可悲的世间相。

他们这样地欢迎我进去的，是上述的几与世间绝缘的小天地。这里是孩子们的天下。主宰这天下的，有三个角色，除了瞻瞻和阿宝之外，还有一个是四岁的软软，仿佛罗马的三头政治。日本人有tototenka（父天下）、kakatenka（母天下）之名，我当时曾模仿他们，戏称我们这家庭为tsetsetenka（瞻瞻天下）。因为瞻瞻在这三人之中势力最盛，好比罗马三头政治中的领胄。我呢，名义上是他们的父亲，实际上是他们的臣仆；而我自己却以为是站在他们这政治舞台下面的观剧者。丧失了美丽的童年时代，送尽了蓬勃的青年时代，而初入黯淡的中年时代的我，在这群真率的儿童生活中梦见了自己过去的幸福，觅得了自己已失的童心。我企慕他们的生活天真，艳羡他们的世界广大。

觉得孩子们都有大丈夫气，大人比起他们来，个个都虚伪卑怯；又觉得人世间各种伟大的事业，不是那种虚伪卑怯的大人们所能致，都是具有孩子们似的大丈夫气的人所建设的。

我翻到自己的画册，便把当时的情景历历地回忆起来。例如：他们跟了母亲到故乡的亲戚家去看结婚，回到上海的家里时也就结起婚来。他们派瞻瞻做新官人。亲戚家的新官人曾经来向我借一顶铜盆帽。（当时我乡结婚的男子，必须戴一顶铜盆帽，穿长衫马褂，好像是代替清朝时代的红缨帽子、外套的。我在上海日常戴用的呢帽，常常被故乡的乡亲借去当作结婚的大礼帽用。）瞻瞻这两岁的小新官人也借我的铜盆帽去戴上了。他们派软软做新娘子。亲戚家的新娘子用红帕子把头蒙住，他们也拿母亲的红包袱把软软的头蒙住了。一个戴着铜盆帽好像苍蝇戴豆壳；一个蒙住红包袱好像猢狲扮把戏，但两人都认真得很，面孔板板的，跨步缓缓的，活像那亲戚家的结婚式中的人物。宝姐姐说"我做媒人"，拉住了这一对小夫妇而教他们参天拜地，拜好了，又送他们到用凳子搭成的洞房里。

我家没有一个好凳，不是断了脚的，就是擦了漆的。它们当凳子给我们坐的时候少，当游戏工具给孩子们用的时候多。在孩子们，这种工具的用处真真广大：请酒时可

以当桌子用，搭棚棚时可以当墙壁用，做客人时可以当船
用，开火车时可以当车站用。他们的身体比凳子高得有限，
看他们搬来搬去非常吃力。有时汗流满面，有时被压在凳
子底下。但他们好像为生活而拼命奋斗的劳动者，决不辞
劳。汗流满面时可用一双泥污的小手来揩摸，被压在凳子
底下时只要哭过几声，就带着眼泪去工作了。他们真可说
是"快活的劳动者"。哭的一事，在孩子们有特殊的效用。
大人们惯说"哭有什么用？"原是为了他们的世界狭窄的缘
故。在孩子们的广大世界里，哭真有意想不到的效力。譬
如跌痛了，只要尽情一哭，比服凡拉蒙①灵得多，能把痛完
全忘却，依旧遨游于游戏的世界中。又如泥人跌破了，也
只要放声一哭，就可把泥人完全忘却，而热衷于别的玩具。
又如花生米吃得不够，也只要号哭一下，便好像已经吃饱，
可以起劲地去干别的工作了。总之，他们干无论什么事都
认真而专心，把身心全部的力量拿出来干。哭的时候用全
力去哭，笑的时候用全力去笑，一切游戏都用全力去干。
干一件事的时候，把这事以外的一切别的事统统忘却。一
旦拿了笔写字，便把注意力全部集中在纸上。纸放在桌上

---

① 凡拉蒙，一种止痛药，为氨基比林和巴比妥的结合物，常用于头痛、神
经痛、月经痛的缓解和预防晕船。

的水痕里也不管，衣袖带翻了墨水瓶也不管，衣裳角拖在火钵里燃烧了也不管。一旦知道同伴们有了有趣的游戏，冬晨睡在床里的会立刻从被窝钻出，穿了寝衣来参加；正在换衣服的会赤了膊来参加；正在洗浴的也会立刻离开浴盆，用湿淋淋的赤身去参加。被参加的团体中的人们对于这浪漫的参加者也恬不为怪，因为他们大家把全精神沉浸在游戏的兴味中，大家入了"忘我"的三昧境，更无余暇顾到实际生活上的事及世间的习惯了。

　　成人的世界，因为受实际的生活和世间的习惯的限制，所以非常狭小苦闷。孩子们的世界不受这种限制，因此非常广大自由。年纪愈小，他的世界愈大。我家的三头政治团中瞻瞻势力最大，便是为了他年纪最小，所处的世界最广大自由的缘故。他见了天上的月亮，会认真地要求父母给他捉下来；见了已死的小鸟，会认真地喊它活转来；两把芭蕉扇可以认真地变成他的脚踏车；一只藤椅子可以认真地变成他的黄包车；戴了铜盆帽会立刻认真地变成新官人；穿了爸爸的衣服会立刻认真地变成爸爸。照他的热诚的欲望，屋里所有的东西应该都放在地上，任他玩弄；所有的小贩应该一天到晚集中在我家的门口，由他随时去买来吃或玩；房子的屋顶应该统统除去，可以使他在家里随时望见月亮、鹞子和飞机；眠床里应该有泥土，种花草，养着蝴蝶与青蛙，可以让他一醒觉就在野外游戏。看他那热诚的态度，以为这种要求绝非梦想或奢望，应该是人力所能办到的。他以为人的一切欲望应该都是可能的。所以不能达到目的的时候，便那样愤慨地号哭。拿破仑的字典里没有"难"字，我家当时的瞻瞻的词典里没有"不可能"之一词。

我企慕这种孩子们的生活的天真，艳羡这种孩子们的世界的广大。或者有人笑我故意向未练的孩子们的空想界中找求荒唐的乌托邦，以为逃避现实之所；但我也可笑他们的屈服于现实，忘却人类的本性。我想，假如人类没有这种孩子们的空想的欲望，世间一定不会有建筑、交通、医药、机械等种种抵抗自然的建设，恐怕人类到今日还在茹毛饮血呢。所以我当时的心，被儿童所占据了。我时时在儿童生活中获得感兴。玩味这种感兴，描写这种感兴，成了当时我的生活的习惯。

欢喜读与人生根本问题有关的书，欢喜谈与人生根本问题有关的话，可说是我的一种习性。我从小不欢喜科学而欢喜文艺。为的是我所见的科学书，所谈的大都是科学的枝节问题，离人生根本很远；而我所见的文艺书，即使最普通的《唐诗三百首》《白香词谱》等，也处处含有接触人生根本而耐人回味的字句。例如我读了"想得故园今夜月，几人相忆在江楼"，便会设身处地地做了思念故园的人，或江楼相忆者之一人，而无端地兴起离愁。又如读了"流光容易把人抛，红了樱桃，绿了芭蕉"，便会想起过去的许多的春花秋月，而无端地兴起惆怅。我看见世间的大人都为生活的琐屑事件所迷着，都忘记人生的根本；只有孩子们保住天真，独具慧眼，其言行多足供我欣赏者。八指头陀诗云："吾爱童子身，莲花不染尘。骂之唯解笑，打亦不生嗔。对境心常定，逢人语自新。可慨年既长，物欲蔽天真。"我当时曾把这首诗托人用细字刻在香烟嘴的边上。

这只香烟嘴一直跟随我，直到四五年前，有一天不见了。以后我不再刻这诗在什么地方。四五年来，我的家里同国里一样的多难：母亲病了很久，后来死了；自己也病了很久，后来没有死。这四五年间，我心中不觉得有什么东西占据着，在我的精神生活上好比一册书里的几页空白。现在，空白页已经翻厌，似乎想翻出些下文来才好。我仔细向自己的心头探索，觉得只有许多乱杂的东西忽隐忽现，却并没有一物强固地占据着。我想把这几页空白当作被开的几个大"天窗"，使下文仍旧继续前文，然而很难能。因为昔日的我家的儿童，已在这数年间不知不觉地变成了少年少女，行将变为大人。他们已不能像昔日的占据我的心了。我原非一定要拿自己的子女来作为儿童生活赞美的对象，但是他们由天真烂漫的儿童渐渐变成拘谨驯服的少年少女，在我眼前实证地显示了人生黄金时代的幻灭，我也无心再来赞美那昙花似的儿童世界了。

古人诗云："去日儿童皆长大，昔年亲友半凋零。"这两句确切地写出了中年人的心境的虚空与寂寥。前天我翻阅自己的画册时，陈宝（就是阿宝，就是做媒人的宝姐姐）、宁馨（就是做新娘子的软软）、华瞻（就是做新官人的瞻瞻）都从学校放寒假回家，站在我身边同看。看到"瞻瞻新官人，软软新娘子，宝姐姐做媒人"的一幅，大家不自然起来。宁馨和华瞻脸上现出忸怩的笑，宝姐姐也表示决不肯再做媒人了。他们好比已经换了另一班人，不复是昔日的阿宝、软软和瞻瞻了。昔日我在上海的小家庭中所观察欣赏而描写的那群天真烂漫的孩子，现在早已不在人间了！他们现在都已疏远家庭，做了学校的学生。他们的生活都受着校规的约束，社会制度的限制，和世智的拘束；他们的世界不复像昔日那样广大自由；他们早已不做房子没有屋顶和眠床里种花草的梦了。他们已不复是"快活的劳动者"，正在为分数而劳动，为名誉而劳动，为知识而劳动，为生活而劳动了。

我的心早已失了占据者。我带了这虚空而寂寥的心，

204

彷徨在十字街头，观看他们所转入的社会，我想象这里面的人，个个是从那天真烂漫、广大自由的儿童世界里转出来的。但这里没有"花生米不满足"的人，却有许多面包不满足的人。这里没有"快活的劳动者"，只见锁着眉头的引车者，无食无衣的耕织者，挑着重担的颁白者，挂着白须的行乞者。这里面没有像孩子世界里所闻的号啕的哭声，只有细弱的呻吟，吞声的呜咽，幽默的冷笑，和愤慨的沉默。这里面没有像孩子世界中所见的不屈不挠的大丈夫气，却充满了顺从、屈服、消沉、悲哀，和诈伪、险恶、卑怯的状态。我看到这种状态，又同昔日带了一叠书和一包食物回家，而在弄堂门口看见我妻提携了瞻瞻和阿宝等候着那时一样，自己立刻化身为二人。其一人做了这社会里的一分子，体验着现实生活的辛味；另一人远远地站出来，从旁观察这些状态，看到了可惊可喜可悲可哂的种种世间相。然而这情形和昔日不同：昔日的儿童生活相能"占据"我的心，能使我归顺它们；现在的世间相却只是常来"袭击"我这空虚寂寥的心，而不能占据，不能使我归顺。因此我的生活的册子中，至今还是继续着空白的页，不知道下文是什么。也许空白到底，亦未可知啊。

为了代替谈自己的画，我已把自己十年来的生活和心情的一面在这里谈过了。但这文章的题目不妨写作"谈自己的画"。因为：一则我的画与我的生活相关联，要谈画必须谈生活，谈生活就是谈画。二则我的画既不摹拟什么八大山人、七大山人的笔法，也不根据什么立体派、平面派的理论，只是像记账般地用写字的笔来记录平日的感兴而已。因此关于画的本身，没有什么话可谈；要谈也只能谈谈作画时的生活与心情罢了。

1935年2月4日。

我的漫画

人都说我是中国漫画的创始者，这话半是半非。我小时候，《太平洋画报》上发表陈师曾的小幅简笔画《落日放船好》《独树老夫家》等，寥寥数笔，余趣无穷，给我很深的印象。我认为这真是中国漫画的始源。不过那时候不用漫画的名称。所以世人不知"师曾漫画"，而只知"子恺漫画"。"漫画"二字，的确是在我的书上开始用起的。但也不是我自称，却是别人代定的。约在民国十二年左右，上海一班友人办《文学周报》。我正在家里描那种小画，乘兴落笔，俄顷成章，就贴在壁上，自己欣赏。一旦被编者看见，就被拿去制版，逐期刊登在《文学周报》上，编者代为定名曰："子恺漫画"。以后我作品源源而来，结集成册。

交开明书店出版，就仿印象派画家的办法（印象派这名称原是他人讥评的称呼，画家就承认了），沿用了别人代定的名称。所以我不能承认自己是中国漫画的创始者，我只承认漫画二字是在我的画上开始用起的。

其实，我的画究竟是不是"漫画"，还是一个问题。因为这二字在中国向来没有。日本人始用汉文"漫画"二字。日本人所谓"漫画"，定义如何，也没有确说。但据我知道，日本的"漫画"乃兼指中国的急就画、即兴画，及西洋的卡通画的。但中国的急就、即兴之作，比西洋的卡通趣味大异。前者富有笔情墨趣，后者注重讽刺滑稽。前者只有寥寥数笔，后者常有用钢笔细描的。所以在东洋，"漫画"二字的定义很难下。但这也无用考据。总之，漫画二字，望文生义：漫，随意也。凡随意写出的画，都不妨称为漫画，因为我作漫画，感觉同写随笔一样。不过或用线条，或用文字，表现工具不同而已。

我作漫画断断续续至今已有二十多年了。今日回顾这二十多年的历史，自己觉得，约略可分为四个时期：第一是描写古诗句时代；第二是描写儿童相的时代；第三是描写社会相的时代；第四是描写自然相的时代。但又交互错综，不能判然划界，只是我的漫画中含有这四种相的表现而已。

我从小喜读诗词，只是读而不作。我觉得古人的诗词，全篇都可爱的极少。我所爱的，往往只是一篇中的一段，甚至一句。这一句我讽咏之不足，往往把它译作小画，粘在座右，随时欣赏。有时眼前会现出一个幻象来，若隐若现，如有如无。立刻提起笔来写，只写得一个概略，那幻象已经消失。我看看纸上，只有寥寥数笔的轮廓，眉目都不全，但是颇能代表那个幻象，不要求加详了。有一次我偶然再提起笔加详描写，结果变成和那幻象全异的一种现象，竟糟蹋了那张画。恍忆古人之言："意到笔不到"，真非欺人之谈。作画意在笔先，只要意到，笔不妨不到；非但笔不妨不到，有时笔到了反而累赘。有的人看了我的画，惊骇地叫道："噫，这人只有一个嘴巴，没有眼睛鼻头！""噫，这人的四根手指粘成一块的！"甚至有更细心的人说："眼镜玻璃后面怎么不见眼睛？"对于他们，我实在无法解嘲，只得置之不理。管自读诗读词，捕捉幻象，描写我的"漫画"。《无言独上西楼》《几人相忆在江楼》《人散后，一钩新月天如水》等便是我那时的作品。初作《无言独上西楼》，发表在《文学周报》上时，有一人批评道："这人是李后主，应该穿古装，你怎么画成穿大褂的现代人？"我回答说："我不是作历史画，也不是为李后主词作插图，我是描写读李词后所得的体感。我是现代人，我的体感当然作现代相。"这才足证李词是千古不朽之作，而我的欣赏是被动的创作。

我作漫画由被动的创作而进于自动的创作，最初是描写家里的儿童生活相。我向来憧憬于儿童生活，尤其是那时，我初尝世味，看见了当时社会里的虚伪骄矜之状，觉得成人大都已失本性，只有儿童天真烂漫，人格完整，这才是真正的"人"。于是变成了儿童崇拜者，在随笔中、漫画中，处处赞扬儿童。现在回忆当时的意识，这正是从反面诅咒成人社会的恶劣。这些画我今日看时，一腔热血，还能沸腾起来，忘记了老之将至。这就是《办公室》《阿宝两只脚，凳子四只脚》《弟弟新官人，妹妹新娘子》《小母亲》《爸爸回来了》等作品。这些画的模特儿——阿宝、瞻瞻、软软——现在都已变成大学生，我也垂垂老矣。然而老的是身体，灵魂永远不老。最近我重展这些画册的时候，仿佛觉得年光倒流，返老还童，从前的憧憬，依然活跃在我的心中了。

后来我的画笔又改方向，从正面描写成人社会的现状了。我住在红尘万丈的上海，看见无数屋脊中浮出一只纸鸢来，恍悟春到人间，就作《都会之春》。看见楼窗里挂下一只篮来，就作《买粽子》。看见工厂职员散工归家，就作《星期六之夜》。看见白渡桥边白相人调笑苏州卖花女，就作《卖花声》。我住在杭州及故乡石门湾，看见市民的日常生活，就作《市井小景》《邻人之爱》《挑荠菜》……我客居乡村，就作《话桑麻》《云霓》《柳荫》……这些画中的情景，多少美观！这些人的生活，多少幸福！这几乎同儿童生活一样的美丽。我明知道这是成人社会的光明的一面。还有残酷、悲惨、丑恶的黑暗的一面，我的笔不忍描写，一时竟把它们抹杀了。

后来我的笔终于描写了。我想，佛菩萨的说法，有"显正"和"斥妄"两途。西谚曰："漫画以笑语叱咤人间"，我为何专写光明方面的美景，而不写黑暗方面的丑态呢？于是我就当面细看社会上的苦痛相、悲惨相、丑恶相、残酷相，而为它们写照。《颁白者》《都市奇观》《邻人》《鬻儿》《某父子》，以及写古诗的《瓜车翻覆》《大鱼咬小鱼》等，便是当时的所作。后来的《仓皇》《战后》《警报解除后》《轰炸》等也是这类的作品。

有时我看看这些作品，觉得触目惊心。恍悟"斥妄"之道，不宜多用，多用了感觉麻木，反而失效。于是我想，艺术毕竟是美的，人生毕竟是崇高的，自然毕竟是伟大的。我这些辛酸凄楚的作品，其实不是正常艺术，而是临时的权变。古人说："恶岁诗人无好语。"我现在正是恶岁画家；但我的眼也应该从恶岁转入永劫，我的笔也不妨从人生转向自然，寻求更深刻的画材。我忽然注意到破墙的砖缝里钻出来的一根小草，作了一幅《生机》。这幅画真正没有几笔，然而自己觉得比以前所作的数千百幅精工得多，以后就用同样的笔调，作出《春草》《战场之春》《抛核处》等画。有一天到友人家里，看见案上供着一个炮弹壳，壳内插着红莲花，归来又作了一幅《炮弹作花瓶，世界永和平》。有一天在汉口看见一枝截去了半段的大树正在抽芽，回来又作了一幅《大树被斩伐》。《护生画集》中所载《遇赦》《悠然而逝》《蝴蝶来仪》等，都是这一类的作品，直到现在，我还时时描写这一类的作品。我自己觉得真像沉郁的诗人。诗人作诗喜沉郁。"沉郁者，意在笔先，神在言外。写怨夫思妇之怀，写孽子孤臣之感。凡交情之冷淡，身世之飘零，皆可于一草一木发之；而发之又须若隐若现，欲露不露。反覆缠绵，终不许一语道破。"（陈亦峰语）此言先得我心。

古人说："行年五十，方知四十九年之非。"我在漫画写作上，也有今是昨非之感，以后如何变化，要看我的心情如何而定了。

1947 年 12 月。

我与《新儿童》

　　读过我的文章，看过我的儿童漫画，而没有见过我的人，大都想象我是一个年青而好玩的人。等到一见我，一个长胡须的老头子，往往觉得奇怪而大失所望。这样的人，我遇到过不知几百十次了。我自己也常常觉得奇怪，为什么我使他们奇怪？

　　想了一想，我明白了。我的身体老大起来，而我的心还是同儿童时代差不多。因此身心不调和，使人看了奇怪。

　　记得我初见《新儿童》刊物时，是六七年前，我在重庆避寇的时候。那时我的幼女一吟，年十二岁。向桂林定一份《新儿童》，按期阅读，并且投稿。最初刊物寄到，我同她抢来看。她说："《新儿童》是我们儿童看的！你老人家不看!"终于被她抢去。但等她看完了,我必找着来看。看过后同她讨论里面的问题,同她玩里面的游戏,她觉得高兴。以后《新儿童》就变成了她和我合读的刊物。

胜利复员时,她已经积存了数十册的《新儿童》,满满的一小箱子。但我们走西北陇海路回上海,路上不便多带行李。她经过几次踌躇,终于割爱,把一箱子《新儿童》分送给不复员的邻家儿童。叮嘱他们好好保藏,不要毁弃。这件事,她至今想起了还有遗憾。因为那时她虽然已是十六七岁的少女了,但还是一个儿童;就是现在,她虽已在国立艺专毕业,而变成一个快二十岁的女郎了,但是童心依旧,想起了从前遗弃的一箱子《新儿童》,不免还要伤心呢。

现在我到香港来了。我的车子经过《新儿童》编辑社的门口,李君毅兄指给我看,并说编者云姐姐知道我来港,曾经问他,一吟有没有同来?一吟是云姐姐的信徒之一,本该带她同来见见面。可是因为我家在上海,要她陪伴母亲,不能跟我同来,真是憾事!我回上海时,一定多买几本《新儿童》带给她,用以滋养她的童心。

我相信一个人的童心,切不可失去。大家不失去童心,则家庭,社会,国家,世界,一定温暖、和平而幸福。所以我情愿做"老儿童",让人家去奇怪吧。

1949年4月8日于香港。

214

随笔漫画①

　　随笔的"随"和漫画的"漫"，这两个字下得真轻松。看了这两个字，似乎觉得作这种文章和画这种绘画全不费力，可以"随便"写出，可以"漫然"下笔。其实决不可能。就写稿而言，我根据过去四十年的经验，深知创作——包括随笔——都很伤脑筋，比翻译伤脑筋得多。倘使用操舟来比方写稿，则创作好比把舵，翻译好比划桨。把舵必须掌握方向，瞻前顾后，识近察远；必须熟悉路径，什么地方应该右转弯，什么地方应该左转弯，什么时候应

---

① 原刊于1957年《文汇报》，原名《呓语》。后由作者删去开头和结尾部
　分，改名《随笔漫画》。

该急进，什么时候应该缓行；必须谨防触礁，必须避免冲突。划桨就不须这样操心，只要有气力，依照把舵人所指定的方向一桨一桨地划，总会把船划到目的地。我写稿时常常感到这比喻的恰当：倘是创作，即使是随笔，我也得预先胸有成竹，然后可以动笔。详言之，须得先有一个"烟士比里纯"①，然后考虑适于表达这"烟士比里纯"的材料，然后经营这些材料的布置，计划这篇文章的段落和起讫。这准备工作需要相当的时间。准备完成之后，方才可以动笔。动笔的时候提心吊胆，思前想后，脑筋里仿佛有一根线盘旋着。直到脱稿之后，直到推敲完毕之后，这根线方才从脑筋里取出。但倘是翻译，我不须这么操心：把原书读了一遍之后，就可动笔，逐句逐段逐节逐章地把外文改造为中文。考虑每句译法的时候不免也费脑筋。然而译成了一句，就可透一口气，不妨另外想些别的事情，然后继续处理第二句。其间只要顾到语气的连贯和畅达，却不必顾虑思想的进行。思想有作者负责，不须译者代劳。所以我做翻译工作的时候不怕旁边有人。我译成一句之后，不妨和旁人闲谈一下，作为休息，然后再译第二句。但创作的时候最怕旁边有人，最好关起门来，独自工作。因为

---

① "烟士比里纯"，英文inspiration的译音，意即灵感。

这时候思想形成一根线索，最怕被人打断。一旦被打断了，以后必须苦苦地找寻断线的两端，重新把它们连接起来，方才可以继续工作。近来我少创作而多翻译，正是因为脑力不济而"避重就轻"。

这时候我想起了三十多年前的生活情况：屋子小，没有独立的书房。睡觉，吃饭，工作，同在一室。我坐在书桌旁边写稿，我的太太坐在食桌旁边做针线。我的写稿倘是翻译，我欢迎她坐在这里，工作告段落的时候可以同她闲谈一下，作为调剂。但倘是创作，我就讨厌她。因为她看见我搁笔不动，就用谈话来打断我的思想线索。但这也不能怪她，因为她不知道我写的是翻译还是创作；也许她还误认我的写稿工作同她的针线工作同一性状，可以边做边谈的。后来我就预先关照："今天你不要睬我。"同时把理由说明：我们石门湾水乡地方，操舟的人有一句成语，叫做"停船三里路"。意思是说：船在河中行驶的时候，倘使中途停一下，必须花去走三里路的时间。因为将要停船的时候必须预先放缓速度，慢慢地停下来。停过之后再开的时候，起初必须慢慢地走，逐渐地快起来，然后恢复原来的速度。这期间就少走了三里路。三里也许夸张一点，一两里是一定有的。我正在创作的时候你倘问我一句话，就好比叫正在行驶的船停一停，我得少写三行字。三行也许夸张一点，一两行是一定有的。我认为随笔不能随便写出，理由就如上述。

漫画同随笔一样，也不是可以"漫然"下笔的。我有一个脾气：希望一张画在看看之外又可以想想。我往往要求我的画兼有形象美和意义美。形象可以写生，意义却要找求。倘有机会看到了一种含有好意义的好形象，我便获得了一幅得意之作的题材。但是含有好意义的好形象不能常见，因此我的得意之作也不可多得。记得有一次，我在院子里闲步，偶然看见石灰脱落了的墙壁上的砖头缝里生出一枝小小的植物来，青青的茎弯弯地伸在空中，约有三四寸长，茎的头上顶着两瓣绿叶，鲜嫩袅娜，怪可爱的。我吃了一惊，同时如获至宝。因为这美丽的形象含有丰富深刻的意义，正是我作画的模特儿。用洋洋数万言来歌颂天地好生之德，远不及用寥寥数笔来画出这枝小植物来得动人。我就有了一幅得意之作，画题叫做"生机"。记得又有一次，我去访问一位当医生的朋友，走进他的书室，看见案上供着一瓶莲花，花瓶的样子很别致，仔细一看，原来是一尺来长的一个炮弹壳，我又吃一惊，同时又如获至宝。因为这别致的形象也含有丰富深刻的意义，也是我作画的模特儿。用慷慨激昂的演说来拥护和平，远不如默默地画出这瓶莲花来得动人。我又有了一幅得意之作，画题叫做"炮弹作花瓶……"。我的找求画材大都如此。倘使我所看到的形象没有丰富深刻的意义，无论形状色彩何等美丽，我也懒得描写；即使描写了，也不是我的得意之作。实在，我的作画不是作画，而仍是作文，不过不用言语而用形象罢了。既然作画等于作文，那么漫画就等于随笔。随笔不能随便写出，漫画当然也不得漫然下笔了。

1957年1月18日于上海作。

斗牛图

唐朝时候有一位名画家，叫做戴嵩。他学画的老师叫做韩滉。戴嵩专长画牛，为老师韩滉所不及。所以戴嵩是唐朝画牛专家，时人称他为"独步"。

宋朝有一位叫做杜处士的，家里收藏一幅戴嵩的真迹《斗牛图》。这是几百年前的古画，杜处士非常珍惜。有一天他挂起这幅古画来欣赏，被一个牧童看见了。牧童笑着说：

"这画画错了：斗牛的时候，全身气力用在两只角上。这时候，尾巴一定贴紧，夹在两腿中间，这才用得出力。现在这幅画里的两头牛都翘起尾巴，画错了！"（见《东坡志林》）这位唐朝独步的画牛专家所绘的古画斗牛图，竟被一个牧童看出了很大的错误！由此可以想见：做画家真不容易，必须结合实际，必须有切身的生活经验，加以巧妙的技法，然后才能作出正确而美观的表现。倘使没有切身的实际经验，而徒有手指头上的技法，就容易犯错误。唐朝的戴嵩大约是士大夫之流，养尊处优，没有过过牧童的生活，但凭偶然的短时间的观察，加以空想而作画，这就犯了错误。可能他认为牛的尾巴翘起，可以表示威风，而且在形式上好看；这就徒有形式的美观而不顾事实的错误，变成了一幅不健全的绘画。由此又可想见：古代的绘画艺术都为士大夫、知识阶级——像杜处士之类——所专有，工农不得过问。所以这幅斗牛图从唐朝传到宋朝，一直没有一个人能够看出它的错误，而被当作名画宝藏着。直到这一天偶然被牧童看见了，其中错误才能得到指正。由此还可想见：不独绘画如此，其他文艺学术，恐怕也有类乎此的情形吧。

在各界热烈参加下乡上山的时候，我想起了《斗牛图》的逸话，觉得这运动更加富有意义了。

1957年。

谈儿童画

儿童对图画富有兴味，而拙于技术。因此儿童描绘物象，往往不正确，甚至错误。资产阶级的反动的教育论认为这是符合生物进化论的，应该听他们按照本能而作画，不可加以干涉。这是错误的图画教育论。我们固然不可强迫幼年的儿童立刻像成人一样正确地描写物象，然而我们必须仔细研究儿童画的不正确和错误的原因，而在图画课中循循善诱，因势利导，使他们自然而然地正确起来。从这里刊登的作品看来，儿童画并不一定像人们想象的那末稚拙的，他们的年龄虽然很小，但已经能够比较正确掌握住物象的体形了，有些已经画得很好，这不正是证明从旁教导的作用吗？

儿童画的不正确和错误的原因，大约有二。第一，儿童观察物象时喜欢注意其"作用"。例如幼儿画人，往往把头画得很大，手和脚画得很显著，而把躯干画得很小，甚至不画。因为他们注意"作用"，头和手脚都能起作用：头上的眼睛会看，嘴巴会讲会吃，手会拿东西，脚会走路；而躯干不起什么作用。他们画头部，往往把眼睛和嘴巴画得很大而明显，而忽略其他部分，也是由于眼睛和嘴巴能起作用，而眉毛、鼻子、耳朵等不大起作用的缘故。儿童画桌子，一定把桌子面画得很大，因为桌子面上要摆东西（起作用）的。

　　第二，儿童观察物象时喜欢注意其"意义"。例如幼儿画一只菜篮，往往把篮里的东西统统画出来：几个鸡蛋、一条鱼、几棵菜等等。如果画不下，他们就把篮子看作透明的，画在篮子边上，好像一只玻璃篮。他们的用意是要表出篮子的意义——盛东西。幼儿画猫往往把身子画成侧面形，而把头画成正面形。因为身子的侧面形可以表出猫的躯体和尾巴，而头的正面形可以表出它有两只眼睛、两只耳朵和两朵胡须。这仿佛埃及太古时代的壁画。幼儿画房子，往往把墙内的人物统统画出来，使墙壁变成玻璃造的。曾见有一个幼儿画一个母亲，在母亲的衣服上画两个乳房，颇像近代资本主义国家所流行的立体派、未来派等的绘画。这种错误的原因，无非是由于幼儿十分注意物象的意义，所以连看不见的东西也要画它们出来。

由于年龄和教养程度的关系，儿童画中这种错误是难免的，是必然的。教师不能粗暴地要求三四岁的幼儿画得同他自己一样，同时也不能一味听其本能发展而不加指导。教师应该按照儿童的年龄和教养程度而作适当的指导。最好的方法是诱导他们观察自然物，使他们逐渐对物象的形状感到兴味，那么，画的时候错误自然会消失了。例如幼儿画人像，只画一个头、两只手和两只脚，而不画躯干。有一天，教师看见有一个幼儿穿一件新衣服，就可利用这机会，教他们画一个穿新衣服的人。这样，他们就会渐渐地注意到人是有躯干的了。又如画一只猫，幼儿把猫身画成侧面形，猫头画成正面形，教师可以捉一只猫来，先把猫头正面向着幼童，问他"你看见猫有几只眼睛？"然后把猫头的侧面向着幼儿，再问他"你看见猫有几只眼睛？"这样，他们也会渐渐地悟到"不看见的东西不画"的道理了。

1958 年。

杭州写生

我的老家在离开杭州约一百里的地方，然而我少年时代就到杭州读书，中年时代又在杭州作"寓公"，因此杭州可说是我的第二故乡。

我从青年时代起就爱画画，特别喜欢画人物，画的时候一定要写生，写生的大部分是杭州的人物。我常常带了速写簿到湖滨去坐茶馆，一定要坐在靠窗的栏杆边，这才可以看了马路上的人物而写生。湖山喜雨台最常去，因为楼低路广，望到马路上同平视差不多。西园少去，因为楼高路狭，望下来看见的有些鸟瞰形，不宜于写生。茶楼上写生的主要好处，就是被写的人不得知，因而姿态很自然，可以入画。马路上的人，谁仰起头来看我呢？

为什么喜欢在茶馆楼上画呢？因为在路上画有种种不便：第一，被画的人看见我画他，他就戒备，姿态就不自然。如果其人是开通的，他就整一下衣服，装一个姿势，好像坐在照相馆里的镜头面前一样。那时画出来就像一尊菩萨，不是我所需要的画材。画好之后他还要走过来看，看见寥寥数笔就表示不满，仿佛损害了他的体面。如果其人是不开通的，看见我画他，他简直表示反对，或竟逃脱。因为那时（四五十年前）有一种迷信，说拍照伤人元气，使人倒霉。写生与拍照相似，也是这些顽固而愚昧的人所嫌忌的。当时我有一个画同志，到乡下去写生，据说曾经被夺去速写簿，并且赶出村子外，差一点儿被打。我没有碰到这种情况，然而类乎此的常常碰到。有一次我看见一老妇和一少妇坐在湖滨，姿态甚好，立刻摸出速写簿来写生。岂知被老妇瞥见，她一把拉住少妇就跑，同时嘴里喃喃地骂。少妇临去向我白一眼，并且"呸"的吐一口唾沫，仿佛我"调戏"了她。诸如此类……

　　第二种不方便，是在地上写生时，往往有许多闲人围着我看画。起初一二个人，后来越聚越多，同看戏法一样。而这些人有时也竟把我当作变戏法：有的站在我面前，挡住视线；有的挤在我左右，碰我的手臂；有的评长说短，向我提意见；有的小孩子大叫"看画菩萨头！"（他们称画

226

人物为画菩萨头。）这些时候我往往没有画完就走，因为被画的人看见一堆人吵吵闹闹，他也跑过来看了！我走了，还有几个小孩子或闲人跟着我走，希望我再"表演"，简直同看戏法一样。

为了有这种种不方便，所以我那时最喜欢在茶楼上写生。延龄大马路上车水马龙，行人如织，都是很好的写生模特儿！——这是我青年时代的事。

最近，我很少写生。主要原因之一，是眼力差了，老花眼看近处必须戴眼镜，看远处必须除去眼镜。写生时必须远处看一眼，近处看一眼，这就使眼镜戴也不好，不戴也不好。有些老花眼镜是两用的，上面是平光，下面是老光。然而老光只有小小一部分，只能看一小块，不能看全面，而画画必须顾到纸张全面。这种眼镜只宜于写字，不宜于画画。因此，我老来很少写生了。一定要写，只有把眼镜搁在眼睛底下鼻孔上面，好像滑稽画中的老头子。但这很不舒服，并且要当心眼镜落地。

然而我最近到杭州游玩时，往往故态复萌，有时不免要摸出笔记簿子来画几笔。这一半是过去习惯所使然，好像一到杭州就"返老还童"了。

使我吃惊的，是解放后在人民的西湖上写生，和从前在旧西湖上写生情形显然不同，上述的两种不方便大大地减少了。被画的人知道这是"写生"，不讨厌我，女人决不吐唾沫。反之，他们有的肯迁就我，给我方便。有一次我坐在湖滨的石凳上，看见一个老舟子坐在船头上吸烟，姿态甚佳，我就对他写生。他衔着旱烟筒悠然地看山水，似乎没有发觉我在画他。忽然，一个女小孩子跑来，大叫一声"爷爷！"那老舟子并不向她回顾，却哼喝她："不要叫我！他在画我！"原来他早已发觉我画他了。这固然是一个特殊的例子，然而一般地说，人都开通了。这在写生者是一大方便。

围着看的人当然也有，然而态度和从前不同了。大都知道这是"写生"，就不用看戏法的态度对待我了。大都肃静地站在我后面，低声地互相说话："壁报上用的。""上海

市街小景
子恺画
杭州

去登报的。"（他们从我同游的人身上看得出我们是上海来的。）有时几个青年还用"观摩"的态度看我作画，低声地说"内行"的话；倘有小孩子吵闹，他们代我阻止，给我方便。这些青年大概也会作画。现在作画的不一定是美术学校学生，一般机关团体里都有画家，壁报上和黑板报上不是常常有很好的画出现吗？

由此可知解放后人民知识都增加了，思想都进步了，态度都变好了。在"写生"这一件小事情中，也可以分明地看出。

1959年6月9日于上海记。

名家散文

鲁迅：直面惨淡的人生

胡适：天下没有白费的努力

许地山：爱我于离别之后

叶圣陶：藕与莼菜

茅盾：斗争的生活使你干练

郁达夫：夜行者的哀歌

徐志摩：我有的只是爱

庐隐：我追寻完整的生命

丰子恺：我情愿做老儿童

朱自清：热闹是它们的，我什么也没有

老舍：有朋友的地方就是好地方

冰心：繁星闪烁着

废名：想象的雨不湿人

沈从文：每一只船总要有个码头

梁实秋：烟火百味过生活

林徽因：你是人间的四月天

巴金：灯光是不会灭的

戴望舒：我的心神是在更远的地方

梁遇春：吻着人生的火

张中行：临渊而不羡鱼

萧红：我的血液里没有屈服

季羡林：微苦中实有甜美在

何其芳：紧握着每一个新鲜的早晨

孙犁：人生最好萍水相逢

琦君：粽子里的乡愁

苏青：我茫然剩留在寂寞大地上

林海音：唯有寂寞才自由

汪曾祺：如云如水，水流云在

陆文夫：吃也是一种艺术

宗璞：云在青天

余光中：前尘隔海，古屋不再

王蒙：生活万岁，青春万岁

张晓风：年年岁岁岁岁年年

冯骥才：生活就是创造每一天

肖复兴：聪明是一张漂亮的糖纸

梁晓声：过小百姓的生活

赵丽宏：闪烁在旷野里的微光

王旭烽：等花落下来

叶兆言：万事翻覆如浮云

鲍尔吉·原野：为世上的美准备足够的眼泪